Erich Mühsam

Schriften der

Erich-Mühsam-Gesellschaft

Heft 38

Zwischen Gewalt und Widerstand

Erich Mühsam und andere

EMG 2012

Gefördert durch die Hansestadt Lübeck (Bereich Kultur), das Land Schleswig-Holstein, die Arbeitsgemeinschaft Literarischer Gesellschaften und Gedenkstätten aus Mitteln des Beauftragten der Bundesregierung für Kultur und Medien und die Possehl-Stiftung Lübeck.

Herausgeberin:	Erich-Mühsam-Gesellschaft e. V., Lübeck
Redaktion:	Jürgen-Wolfgang Goette, Sabine Kruse
© :	Erich-Mühsam-Gesellschaft 2012;
	für die einzelnen Beiträge bei den Autoren und Autorinnen
Textverarbeitung:	Gerda Vorkamp, Lübeck
Herstellung:	BoD - Books on Demand, Norderstedt
ISSN:	0940-8975
ISBN:	978-3-931079-47-5
Preis:	7,50 €

Informationen:	Erich-Mühsam-Gesellschaft, Buddenbrookhaus,
	Mengstr. 4, 23552 Lübeck
	E-Mail: info@buddenbrookhaus.de
	www.erich-muehsam-gesellschaft.de

Inhaltsverzeichnis

Vorbemerkung

„Sich fügen heißt lügen" – das schreibt Erich Mühsam in seinem Gedicht „Der Gefangene". Er hat sich nicht gefügt. Dafür haben ihn die Nazis gleich zu Beginn ihrer Herrschaft ermordet. Seine Unbeugsamkeit hat ihn international zum Symbol für Widerstand gemacht. Manche Schriftsteller/innen sind ähnliche Lebenswege gegangen, andere wiederum haben sich – scheinbar – mit den Machtverhältnissen arrangiert.

Bereits 2010 hieß das Thema der Jahrestagung „Sich fügen heißt lügen. Leben zwischen Gewalt und Widerstand" (s. Heft 36). Die Tagung 2012 ist sozusagen deren Fortsetzung. Vorgestellt wurden neben Erich Mühsam Karl August Varnhagen von Ense, Kurt Hiller, Hans Fallada und Peter Hille. Unser Dank gilt den Autoren und der Autorin für ihre anregenden Referate.

Lübeck, im August 2012

Jürgen-Wolfgang Goette
Sabine Kruse

Conrad Piens

Erich Mühsams Tagebücher – Gesamtausgabe

1. Rezeptionsgeschichte

Mit seinen Tagebüchern hinterließ Erich Mühsam sein umfangreichstes Werk. Vom 22. August 1910 bis zum 20. Dezember 1924 beschrieb er in 42 Quartheften fast 7000 Seiten. Dass er durchaus an eine spätere Veröffentlichung dachte, verdeutlicht sein Eintrag vom 3. Oktober 1910:

München, Montag, d. 3. Oktober 1910.

Sollen diese Tagesaufzeichnungen für mich selbst als Erinnerungsstützen Wert haben, so müssen sie ehrlich sein, die notierten Ereignisse niemals fälschen und für mein gegenwärtiges Erleben wichtige Vorgänge nicht verschweigen. Die Rücksicht darauf, daß die Notizen einmal publiziert werden könnten, darf nichts entscheiden. Steht schon manches in diesem Heft, was die Veröffentlichung in den nächsten Jahrzehnten sowieso ausschließt, so werde ich mich auch nicht abschrecken lassen, Sachen einzutragen, die die Drucklegung zu meinen Lebzeiten – und vielleicht noch lange darüber hinaus – überhaupt verbieten. Ob sich in 80 oder 100 Jahren mal jemand findet, der meine Tagebücher der öffentlichen Mitteilung für wert halten und herausgeben wird, kann ich nicht wissen. Niemand, der aus dem Tagesgeschehen und -Erleben heraus Notizen schreibt, kann deren Kulturdauer ermessen. Über den Wert von Tagebüchern entscheidet nicht das Talent des Verfassers – denn die Zusammenhanglosigkeit der Bemerkungen hindert doch die Entstehung eines literarischen Meisterwerks –, sondern der Rhytmus der allgemeinen und persönlichen Ereignisse, die registriert werden.[1]

Jetzt sind gut 100 Jahre seit diesem Eintrag vergangen, und die Tagebücher werden in einer Gesamtausgabe publiziert. Doch ihre Rezeptionsgeschichte reicht viel weiter zurück:

Ohne die „Erinnerungsstütze" Tagebuch hätte Mühsam viele Texte nicht so schreiben können, wie er es tat. Dazu zählen sicherlich „Abrechnung"[2] und „Von Eisner bis Leviné"[3]. Im Tagebuch selbst berichtet er von einer – sehr eingeschränkten – Öffentlichkeit: Engen Freunden wie Johannes Nohl und Ferdinand Hardekopf liest er gelegentlich daraus vor.

---

1 Erich Mühsam: *Tagebücher. Band 1. 1910–1911*, Hrsg. Chris Hirte und Conrad Piens, Verbrecher Verlag, Berlin, 2011, S. 94 (EM-TBGA).
2 Erich Mühsam: „Abrechnung", in Erich Mühsam: *Streitschriften. Literarischer Nachlaß.* Hrsg. Chris Hirte, Verlag Volk und Welt, Berlin, 1984.
3 Erich Mühsam: *Von Eisner bis Leviné. Die Entstehung der bayerischen Räterepublik*, FANAL-Verlag, Berlin, 1926.

Mühsam selbst veröffentlichte in *Besinnung und Aufbruch* einige wenige Auszüge. So 1929 unter dem Titel „Kronstadt, Auszüge aus meinem Festungstagebuch"[4] Tagebuchabschnitte vom 8., 10., 12., 20. und 27. März 1921 und 1931 unter „Kriegstagebuch eines Kriegsgegners"[5] den Eintrag vom 8. Mai 1917. Nach seiner Verhaftung in der Nacht des Reichstagsbrandes vom 27. zum 28. Februar 1933 wird Mühsams schriftlicher Nachlass bei Ernst Simmerling, dem Schwager Rudolf Rockers, in Sicherheit gebracht.[6] Nach Erich Mühsams Ermordung und Zenzls Flucht nach Prag werden diese Manuskripte nach Prag geschafft.

Sie sind alles, was Zenzl Mühsam von ihrem Mann blieb. Ihr unablässiges Bestreben, Mühsams Werk zu veröffentlichen, hat mehrere Gründe: Es ist das Vermächtnis ihres Mannes, für das auch sie viele Opfer brachte, das Werk eines Künstlers, das nur veröffentlicht wirken kann, und sie braucht das Geld zum Überleben. Im November 1934 bietet sie dem britischen Verleger Victor Gollancz die Tagebücher zum Druck an. In einem Brief vom 8. November 1934 schildert sie den Zeitraum und den Inhalt der Tagebücher, ohne jedoch den genauen Umfang zu nennen:

> Die Tagebücher umfassen den Zeitraum von 1910–1924. Sie sind sehr ausführlich gehalten und beinhalten literarische, politische und soziale Ereignisse und Probleme dieses Zeitabschnittes. Zeitlich und inhaltlich sind sie in drei grosse Gruppen gegliedert:
>
> I. Vorkriegszeit. München 1910–1914.
>
> II. Kriegszeit. 1914–1918.
>
> III. Revolutionszeit und Festungshaftzeit. 1919–1924.[7]

Der 1935 in *Neue Deutsche Blätter* erschienene Auszug aus Heft 17[8] der Tagebücher enthält Eintragungen vom 5., 8., 11., 12., 15. Mai und 18. Juni 1916. Dieser Auszug wird mit dem redaktionellen Vorsatz eingeleitet:

> Von 1910 bis zum 24. Dezember 1924, dem Tage seiner Entlassung aus der Festung Niederschönenfeld, hat Erich Mühsam Tagebuch geführt. Der Witwe des Ermordeten ist es gelungen, das ganze Manuskript – 5000 Seiten – aus Nazi-Deutschland zu retten.[9]

---

4 Erich Mühsam: „Kronstadt. Auszüge aus meinem Festungstagebuch, Niederschönenfeld", in *Besinnung und Aufbruch. Monatsblätter freiheitlicher Bücherfreunde*, Gilde freiheitlicher Bücherfreunde, Berlin, Jg. 1, Nr. 3, Juni 1929.

5 Erich Mühsam: „Kriegstagebuch eines Kriegsgegners", in *Besinnung und Aufbruch. Monatsblätter freiheitlicher Bücherfreunde*, Gilde freiheitlicher Bücherfreunde, Berlin, Jg. 3, Juni 1931.

6 Rudolf Rocker: *Der Leidensweg von Zenzl Mühsam*, Verlag die freie Gesellschaft, Frankfurt/M., 1949, S.11.

7 Akademie der Künste, Archiv: Sammlung Erich Mühsam (AAdK-EM), III 3977.

8 AAdK-EM, III 3050 (erscheint in Band 5, voraussichtlich im Herbst 2013).

9 Erich Mühsam: „Tagebuchblätter", in *Neue Deutsche Blätter. Monatsschrift für Literatur und Kritik*, Faust Verlag, Prag, Wien, Jg. 2, Januar, 1935.

Im August 1935 gibt Zenzl Mühsam den drängenden Einladungen aus Moskau nach und fährt in die Sowjetunion. Anfang 1936 lässt sie den in Prag bei Ruth Oesterreich gelagerten Nachlass nach Moskau holen. Hinweise darauf, dass die Tagebücher vollständig nach Moskau gelangt sind, gibt Reinhard Müller:

> Am 22. April 1936, einen Tag vor ihrer Verhaftung, wurde Zenzl Mühsam dieser Koffer mit dem Nachlaß Erich Mühsams vom Marx-Engels-Lenin-Institut übergeben, das ein provisorisches Verzeichnis des Nachlasses angefertigt hatte. Dieses zweiseitige Verzeichnis wurde von W. Adoratzki, dem Direktor des Marx-Engels-Lenin-Instituts, nach Zenzl Mühsams Verhaftung an die Geheime Politische Abteilung des NKWD mit einem Begleitschreiben geschickt. Mit größter Wahrscheinlichkeit gelangte der Nachlaß erst nach einer Durchsicht und „Säuberung" durch das NKWD an das Moskauer Gorki-Institut.[10]

In einer Fußnote dazu heißt es weiter:

> Dieses provisorische Nachlaßverzeichnis führt auch die Tagebücher Mühsams aus den Jahren 1910–1924 auf. Hier gibt es für die Jahre 1916–1919 keine Lücke in den Tagebüchern Mühsams, während die späteren Findbücher des Gorki-Instituts und auch die Findbücher der Berliner Akademie der Künste, in der eine Mikrofilmkopie des Moskauer Mühsam-Nachlasses aufbewahrt wird, eine solche Lücke aufweisen.

Die im Maxim-Gorki-Institut vorhandenen Tagebücher Mühsams sind durchgehend signiert. Die Signaturen gehen von *III 3037* bis *III 3071*, nummerieren also 35 Hefte. Verschollen sind die Tagebuchhefte zwei bis vier, die den Zeitraum von Oktober 1910 bis Anfang Mai 1911 enthalten, und die Hefte 18 bis 22, die von Oktober 1916 bis April 1919 geführt wurden. Der oben erwähnte Tagebucheintrag vom 8. Mai 1917 in *Besinnung und Aufbruch* ist die einzige überlieferte Textstelle aus den verschollenen Tagebuchheften.

Dass sich Erich Mühsams Nachlass in einem Moskauer Literaturinstitut befindet, teilte Willem de Wit, ein niederländischer Bekannter der Familie Mühsam, Rudolf Rocker in einem Brief mit, den der in *Der Leidensweg von Zenzl Mühsam*[11] abdruckte.

Die russische Germanistin Nina Pawlowa erwähnt Mühsams Tagebücher in ihrem Aufsatz „Die Dichtung Erich Mühsams":

> Das Erich-Mühsam-Archiv, das von der Witwe des Schriftstellers aus dem faschistischen Deutschland in die SU gebracht und 1937 dem Gorki-Institut für Weltliteratur übergeben worden ist, besteht im wesentlichen aus den Tagebüchern des Dichters von 1910 bis 1924 ...

---

10 Reinhard Müller: *Menschenfalle Moskau. Exil und stalinistische Verfolgung*, Hamburger Edition, Hamburg, 2001, S. 167 f.
11 Rudolf Rocker: *Der Leidensweg von Zenzl Mühsam*, Verlag die freie Gesellschaft, Frankfurt/M., 1949, S. 20 f.

In den Tagebüchern und Briefen berührt Mühsam verhältnismäßig selten Fragen der Kunst und seines eigenen Schaffens, vielmehr befaßt er sich vorwiegend mit politischen Problemen, insbesondere verfolgt er mit gespannter Aufmerksamkeit die Entwicklung der revolutionären Bewegung in Deutschland.

Viele Seiten der Tagebücher Mühsams sind den engsten Freunden des Dichters gewidmet, den Schriftstellern Wedekind und H. Mann. Mühsam schreibt hier über die ihnen gemeinsamen politischen Vorstellungen.[12]

Im Vorwort des von ihr in Moskau herausgegebenen Auswahlbandes[13] zitiert Nina Pawlowa erstmalig nach der Archivierung des Mühsam-Nachlasses aus einem Tagebuchheft. Und Ulrich Linse war der erste, der die Mühsam-Tagebücher ausgiebig exzerpierte und zitierte.[14] Dies sei hier angeführt, weil es sich um die ersten Auseinandersetzungen mit dem Inhalt der Tagebücher nach der Deponierung in Moskau bzw. deren Kopien im Archiv der Akademie der Künste handelt.

Ab Mitte der 1970er Jahre wurde im Ostberliner Verlag Volk und Welt eine umfangreiche Ausgabe der Werke Erich Mühsams geplant, in deren Rahmen auch die Tagebücher ediert werden sollten. Vorbereitend wurden von den in der Akademie der Künste lagernden Mikrofilmkopien Papierabzüge gemacht und Transkriptionen angefertigt. Zur Edition ist es nicht mehr gekommen, nur in *Sinn und Form* erschienen Auszüge aus den Kriegstagebüchern 1914–1916[15], kommentiert von Chris Hirte.

Für eine Gesamtausgabe wurde nach dem Ende der DDR und des Verlags Volk und Welt kein anderer Verlag gefunden. Schließlich erschien 1994 bei dtv die erste größere Auswahl aus Mühsams Tagebüchern, herausgegeben von Chris Hirte, ca. ein Zwanzigstel des Gesamttextes.[16] Diese Ausgabe erlebte bis 2004 drei Auflagen.

2. Die Gesamtausgabe

Die Idee für die vollständige Ausgabe der Erich-Mühsam-Tagebücher wurde auf einer kleinen Veranstaltung des Friedrichshainer Geschichtsvereins „Hans Kohlhase" zum Gedenken an Zenzl und Erich Mühsam am 10. Juli 2009 in der Berliner Mühsamstraße geboren: „Wollen wir nicht zusammen die Mühsam-

---

12 Nina Pawlowa: „Die Dichtung Erich Mühsams", in *Kunst und Literatur*, Berlin, 9/1959, zitiert nach *Europäische Ideen*, Berlin, Heft5/6, 1974, S. 60.

13 Nina Pawlowa: „Vorwort", in Erich Mühsam: *Eine Auswahl aus seinen Werken,* Hrsg. Nina Pawlowa, Verlag für fremdsprachige Literatur, Moskau, 1969, S. 3–17.

14 Ulrich Linse: *Organisierter Anarchismus im Deutschen Kaiserreich von 1871,* Duncker & Humboldt, Berlin, 1969.

15 Erich Mühsam: „Kriegstagebuch", in *Sinn und Form*, Rütten & Loening, Berlin, 36. Jahr, 1984, 6. Heft, S.1129–1155.

16 Erich Mühsam: *Tagebücher 1910–1924,* Hrsg. Chris Hirte, dtv, München, 1994.

Tagebücher im Internet herausgeben?" fragte mich Chris Hirte. Die Antwort „Ja" ließ nicht lange auf sich warten, und seit Herbst 2009 wird an der Edition gearbeitet.

Textgrundlage sind die Fotokopien der 35 erhaltenen Tagebuchhefte aus dem Zeitraum 1910 bis 1924, die 1956 vom Maxim-Gorki-Institut Moskau an das Archiv der Deutschen Akademie der Künste, Berlin (DDR), übergeben wurden, und deren in den 1980er Jahren angefertigten Transkriptionen. Die früheren Tagebuchversuche Mühsams – das „Sylter Tagebuch"[17] aus Kindheitstagen und das „Tagebuch aus dem Gefängnis"[18] aus den Tagen seiner Untersuchungshaft in Charlottenburg im Jahre 1909 – sind bereits veröffentlicht; Letzteres ist auch über die Internet-Edition der Tagebücher zugänglich.

Über die Aufbereitung und Darbietung der Tagebücher gibt der Editionsbericht auf der Website der Edition genaue Auskunft.[19] Die Textwiedergabe hält sich zeichengetreu an die Vorlage und kann durch eine synoptische Bildschirmdarstellung am handschriftlichen Original überprüft werden.

Die Texte werden durch ein kommentiertes Register und eine Suchfunktion erschlossen. Die registrierten Namen und Begriffe werden mit dem Register über Kreuz verbunden, d.h. das Anklicken eines markierten Namens oder Begriffs führt direkt zum Registereintrag, und das Anklicken eines im Registereintrag erfassten Datums führt direkt zum ersten Vorkommen des Begriffs im entsprechenden Tagebucheintrag.

Das Register ist als Gesamtregister für alle Tagebuchhefte aufgebaut. Es wächst mit jedem publizierten Band und wird laufend aktualisiert.

Im Register wird nicht auf Buchseiten, sondern auf das Datum eines Tagebucheintrags verwiesen.

Ergänzt werden die Tagebuchtexte durch Materialien, die unter der Rubrik „Almanach" versammelt sind. Hier werden bis auf Theaterstücke und längere Werke alle Mühsam-Texte, die im Tagebuch genannt werden, zugänglich gemacht. Außerdem werden Fotos, Dokumente, Zeitungsberichte und weiterführende Informationen geboten, die den Rahmen eines Registereintrags sprengen.

Die Bereitschaft des Verbrecher Verlags, die Publikation der Mühsam-Tagebücher im Internet durch die Edition einer Buchausgabe zu begleiten, machte aus der geplanten reinen Internet-Publikation eine duale Edition, bestehend aus 15 schönen, gedruckten Bänden einer reinen Leseausgabe und der frei verfügbaren

---

17 Erich Mühsam: „Tagebuch für meinen Aufenthalt in Sylt vom 7.-28ten Juli 1891", in *Mühsam-Magazin*, Heft 5, Erich-Mühsam-Gesellschaft, Lübeck, 1997.

18 Erich Mühsam: „Tagebuch aus dem Gefängnis", in *Kain. Zeitschrift für Menschlichkeit*, Hrsg. Erich Mühsam, Kain-Verlag, München, erschien in Fortsetzungen von Jg. 1, Nr. 1, April 1911, bis Jg. 2, Nr. 8. November 1912.

19 Chris Hirte; Conrad Piens: „Editionsbericht", www.muehsam-tagebuch.de/tb/edition.php

Arbeits- und Forschungsausgabe im Internet mit kommentiertem Register und Ergänzungsmaterialien. Durch den lebenden Kolumnentitel der Buchausgabe, der die Nummer des Tagebuchhefts und das Datum des laufenden Eintrags enthält, wird das Auffinden von Registerreferenzen in der Buchausgabe unterstützt.

Als Lesehilfe wird im Internet für jeden Band ein Registerauszug zum Ausdrucken bereitgestellt, der wie das Gesamtregister dem aktuellen Stand der Bearbeitung entspricht. Doch es empfiehlt sich auch für Leser der Buchausgabe, das Register der Internet-Edition zu nutzen, weil nur dort sämtliche Namensvarianten erwähnter Personen identifiziert werden und zum jeweiligen Stammeintrag führen. Dieser bietet zudem Links zu Wikipedia und anderen Websites, die weiterführende Informationen bereitstellen.

Die Tagebuchhefte werden gleichzeitig mit dem dazugehörigen Band der gedruckten Ausgabe im Internet veröffentlicht. Der mit dem Verlag vereinbarte Editionsplan sieht vor, dass jährlich zwei Bände erscheinen. Die Gesamtausgabe der Mühsam-Tagebücher soll im Herbst 2018 abgeschlossen sein.

3. Nebenwirkungen

Bei der Beschäftigung mit dem Tagebuchtext, der Suche nach Informationen für das Register oder den Quellen von gedruckten Mühsamtexten macht man immer wieder neue Entdeckungen. So war bisher unbekannt, dass die *Deutsche Montagszeitung* Mühsam-Texte veröffentlichte. Die Tagebücher enthüllten Titel und Themen der eingesandten Gedichte und bestätigten dann auch das bisher unbekannte Pseudonym „Pudel"[20], unter dem Mühsam hier schrieb. Insgesamt wurden zwanzig „Pudel-Gedichte" und vier Artikel, gezeichnet mit E. M., gefunden und dem Werk Erich Mühsams zugeordnet. Die zwei im Tagebuch erwähnten Gedichte, „Zur Begrüßung!"[21] und „Die Nationalliberalen"[22], für dieses Blatt sind im Almanach[23] der Tagebuch-Internet-Publikation veröffentlicht.

Mit Mühsams Mitarbeit am Komet verhält es sich anders. Die Bibliographie von Heinz Hug und Gerd W. Jungblut[24] verzeichnet 21 Texte Erich Mühsams. Erst durch das Tagebuch wurde bekannt, dass er in diesem Blatt auch unter dem Pseudonym „Moritz"[25] veröffentlichte: Dreißig bisher unerkannte Gedichte Mühsams wurden so im *Komet* gefunden.

---

20 EM-TBGA. Band 2 1911–1912, S. 87.
21 Erich Mühsam: „Zur Begrüßung!", in Deutsche Montagszeitung (DMZ), Berlin, 1. Jg., Nr.1, 3. Oktober 1910.
22 Erich Mühsam: „Die Nationalliberalen", in DMZ, 1. Jg., Nr. 2, 10. Oktober 1910.
23 www.muehsam-tagebuch.de/tb/addons.php.
24 Heinz Hug; Gerd W. Jungblut: Erich Mühsam (1878–1934). Bibliographie. Topos Verlag, Vaduz, 1991.
25 EM-TBGA. Band 2 1911–1912, S. 136.

Außerdem konnte durch eine detaillierte Schilderung im Tagebuch seinem Werk ein in *Zeit im Bild* anonym abgedrucktes Gedicht „Die klagenden Ritter"[26] zugeordnet werden.

Neben dem dichterischen Schaffen spiegelt sich in Mühsams Tagebüchern auch seine umfangreiche Korrespondenz wider. Ein Teil wurde in der großen Briefedition[27] von Gerd W. Jungblut abgedruckt, ein Teil verstreut in anderen Publikationen. Hunderte Briefe liegen unveröffentlicht in Mühsams Nachlass, vieles wird verloren gegangen sein oder wurde noch nicht gefunden.

Zu den Empfängern von Mühsams Briefen zählte auch der österreichische Dramatiker und Feuilletonist Hermann Bahr.[28] Erich Mühsam kannte ihn aus den Berliner Caféhäusern und hatte ihn als „anständigen Kerl" schätzen gelernt. In den *Unpolitischen Erinnerungen* widmet er Hermann Bahr eine Episode.[29]

Im Tagebuch wird Hermann Bahr in verschiedenen Zusammenhängen erwähnt: Als Autor von Theaterstücken (die Mühsam genauso wie deren Münchener Inszenierungen übrigens nicht sonderlich gefielen), als Vortragsreisender und als Gesprächspartner im Caféhaus. Im Tagebuch notiert er am 31. Januar 1912 anlässlich eines Vortrags von Hermann Bahr mit dem Thema „Die Lebensformen":

> Er redete aus dem Stegreif recht amüsant über die Psychologie des Großstädters, über den Mechanismus und den Kommerzialismus der kapitalistischen Produktion und mithin über die Gefahr, daß der Mensch sich über Betrieb und Aufmachung seiner Umwelt selbst verlieren müsse. Manche seiner Ideen waren meinen sehr verwandt. Nur daß er sie so verflacht vortrug, daß das Publikum begeistert war, während das gleiche Publikum, wenn ich dieselben Dinge sozial begründet, aggressiv und ernsthaft gesagt hätte, mich wütend ausgezischt hätte.[30]

Im Nachlass Hermann Bahrs, der im Österreichischen Theatermuseum in Wien aufbewahrt wird, finden sich neun Briefe und Postkarten Erich Mühsams. Acht sind an Bahr selbst, ein Brief an Carl Sonnenschein gerichtet. Der Zeitraum der Korrespondenz reicht von 1908 bis 1933. Bis auf die erste Postkarte aus Ascona vom 7. Juli 1908 sind alle Briefe Bittbriefe.

Antworten Hermann Bahrs sind in der Erich-Mühsam-Sammlung und in den Fotokopien des Mühsam-Nachlasses nicht enthalten.

---

26 Anonym: „Die klagenden Ritter", in *Zeit im Bild*, München, 15. Oktober 1912, S. 1317, erwähnt in Tagebuchheft 10, Einträge vom 22. und 23. August 1912, AAdK-EM, III 3043 (erscheint in Band 3 im Herbst 2012).

27 Erich Mühsam: *In meiner Posaune muß ein Sandkorn sein. Briefe 1900-1934.* Hrsg. Gerd W. Jungblut, Topos Verlag, Vaduz, 1984 (EM-Briefe).

28 Hermann Bahr, 1863–1934, de.wikipedia.org/wiki/Hermann_Bahr.

29 Erich Mühsam: *Namen und Menschen. Unpolitische Erinnerungen*, Hrsg. F. A. Hünich, Volk und Buch Verlag, Leipzig, 1949, „Berliner Nachlese".

30 EM-TGBA, S. 162 f.

Alle Karten und Briefe Mühsams aus dem Nachlass Hermann Bahrs werden hier dokumentiert.

Ascona pr. Locarno, Cant. Tessin, Schweiz

Herrn Hermann Bahr
Schriftsteller
Wien XIII, 7
Austria

Verehrter Herr Bahr,

ich bin hier, teile Ihnen das verabredungsgemäß mit und würde mich über die Maßen zu [sic!] freuen, Sie eines Tages am Bahnhof Locarno in Empfang nehmen zu können.

Beste Grüße Ihres ergeb. Erich Mühsam

7/VII 08

Ob Bahr und Mühsam sich in Ascona getroffen haben bzw. Bahr überhaupt in Ascona war, ließ sich nicht ermitteln.

Herrmann Bahr war zu Beginn des 20. Jahrhunderts außerordentlich erfolgreich und konnte von den Tantiemen seiner vielgespielten Theaterstücke gut leben. Als es Mühsam wieder einmal sehr schlecht geht und alle anderen Geldquellen versiegt zu sein scheinen, schreibt er auch an Hermann Bahr einen Schnorr-Brief.

Lieber Herr Bahr,

es hat mich immer etwas davon zurückgehalten, grade Sie anzupumpen. Von den Bekannten im Café Monopol waren Sie der einzige, dem ich nicht gelegentlich 3 oder 5 oder 10 Mk abnahm. Und es fällt mir auch jetzt schwer, Sie um Geld zu bitten. Ich tue es aber, weil es mir momentan äußerst schlecht geht, ich buchstäblich nicht zu essen habe, und weil ich mich in allen schon unternommenen Versuchen, Geld aufzutreiben, getäuscht sehe. Ich tue es, weil ich es mir schuldig zu sein glaube, in einer prekären Situation, in der materielle Not meine Schaffenslust und Produktionsfähigkeit lähmt, alle Möglichkeiten in Anspruch zu nehmen, die mir irgendwie aussichtsvoll scheinen. Um wieviel ich Sie bitten soll, weiß ich nicht. Da es mir täglich passiert, daß mir von Bekannten 2 Mk oder auch nur eine oder selbst 50 Pfennig nicht bewilligt werden, ist mir jede kleinste Summe sehr willkommen, womit ich nach oben keineswegs Grenzen gezogen haben möchte. – Nein, Herr Bahr, mit der für einen Dichter anständigsten Manier, zu Geld zu kommen, mit dem Vortragen und dann Sammelngehn des Franzl Stelzhamer[31] ist heutzutage nichts mehr zu machen. Ich hab's auch oft genug so gemacht, aber jetzt hört einem keiner mehr zu, es sei denn, man stände im Smoking auf dem Podium eines Cabarets und versetzte dem blasierten Börsenmob von der Polizeizen-

---

31 Franz Stelzhamer, 1802–1874, österr. Mundartdichter. Hermann Bahrs Theaterstück „Der Franzl" erzählt das Leben des Franz Stelzhamer in fünf Bildern.

sur genehmigte Selbstentblößungen. – Einen Smoking aber habe ich nicht, und hätte ich einen, zöge ich ihn nicht an. – In Redaktionen stecken lassen will ich mich nicht – es nähme mich auch keiner. So halt ich es jetzt schon für das Anständigste, mich durchzupumpen. Also wollen Sie mir helfen? Dann habe ich nur noch die Bitte: tun Sie's telegrafisch. Denn jede Stunde so gänzlich ohne etwas ist qualvoll.

Ende des Monats kommt im Morgen-Verlag ein Band Gedichte[32] von mir heraus. Ich glaube, daß meine Verse wertvoll genug sind, (und daß Sie sie wertvoll genug finden werden) um die Art wie ich lebe durch das was ich als Künstler leiste zu rechtfertigen.

Besten Gruß und Dank im voraus.

Ihr

Erich Mühsam.

München 10/XI 1908.
Schleißheimerstrasse 118[II].

Wie Mühsam Jahre später in einem ähnlichen Brief konstatiert, hat Bahr diesem Pumpversuch widerstanden.

In einem Brief vom 18. Oktober 1910 bittet Mühsam um die Unterschrift unter den Protest gegen seinen Boykott durch die Presse. Dieser Vorgang hat in seinen Tagebuchaufzeichnungen bestimmt eine Rolle gespielt. Die Aufzeichnungen jener Zeit gehören aber zu den verschollenen.

Sehr verehrter Herr Bahr,

ich wende mich an Sie mit der großen Bitte, den beiliegenden „Protest" zu lesen und mir zu gestatten, unter die daran anschließende Erklärung Ihren Namen zu setzen. Sie sind der Erste, dem ich das Anliegen vortrage, und ich will, sobald ich etwa 10 sehr bewährte Namensunterschriften habe, Maximilian Harden bitten, die Publikation in der „Zukunft" zu besorgen.

So ungewöhnlich mein Vorgehn ist, so glaube ich doch, daß es die einzige Möglichkeit bietet, gegen die Aechtung, der ich ausgesetzt bin, in anständiger und deutlicher Form überhaupt etwas zu unternehmen. Soviel weiß ich: schaden kann ich mir unter keinen Umständen mehr als mir schon geschadet wird; vielleicht nützt die Aktion.

Ich wäre Ihnen dankbar, wenn Sie mir Ihre Ansicht schrieben und womöglich mir rieten, wem etwa ich die Unterschrift zumuten könnte. Ich denke zunächst an die Herren: Dehmel, Wedekind, Heinrich und Thomas Mann, Kurt Martens, Meyrink und Landauer. Ich darf mich ja nur an solche wenden, die der „Jugend" gegenüber (die doch hauptsächlich getroffen werden soll) unabhängig sind die von meinen Versen genügend kennen, um mir mit gutem Gewissen einiges Talent zu bestätigen. Bitte lassen sie mich recht bald Ihre Zustimmung wissen, und bitte senden

---

32 Erich Mühsam: *Der Krater*, Morgen Verlag, Berlin, 1909.

Sie mir das Manuskript zurück, [da] mir rebus sic stantibus[33] die Notwendigkeit, häufigere Maschinendurchschläge machen lassen zu müssen, schmerzlich wäre.

Mit bestem Dank im voraus und

ergebenen Grüßen bin ich Ihr

Erich Mühsam

München 18/X 10
Akademiestrasse 9.

Hermann Bahr ist wie auch Heinrich und Thomas Mann und Frank Wedekind der Bitte Mühsams um Unterstützung seines Protests nachgekommen.[34] Die genannten, um Unterstützung angefragten Richard Dehmel, Gustav Landauer, Kurt Martens und Gustav Meyrink haben nicht unterschrieben. Ob Martens und Meyrink überhaupt von Mühsam gebeten wurden, konnte nicht geklärt werden.

Anfang Juli 1915 ist Mühsam finanziell wieder am Ende. Er hat mit Zenzl, seiner späteren Frau, eine Wohnung bezogen, die nächste Miete ist fällig, und der Hunger steht vor der Tür. Er schreibt erneut an Bahr mit der Bitte um finanzielle Unterstützung. Den Pumpbrief erwähnt er im Tagebuch am 6. und 7. Juli 1915.[35]

Lieber verehrter Herr Bahr,

ich habe Ihnen vor Jahren mal einen Brief geschrieben, in dem ich Sie anzupumpen versuchte. Darauf kam keine Antwort. Wenn ich mich nun trotzdem dazu entschließe, mit der gleichen Absicht an Sie heranzutreten, so können Sie wohl ermessen, daß mir das Messer an der Gurgel steht. – Ich mußte am 1. Juli umziehn, mußte in der früheren Pension nachträglich, und hier im Voraus zahlen, was nur zur Hälfte gelang. Die zweite Hälfte verpflichtete ich mich, am 15. zu entrichten und gewärtige, falls das nicht geht, wieder an die Luft gesetzt zu werden. Bis dahin aber schon habe ich mit der bravsten liebsten Frau, die mir die kleine Wirtschaft führt, buchstäblich nichts zu essen. In der Schutzverbandskasse, die ich übrigens schon früher in Anspruch genommen habe, ist kein Geld mehr. Meine Freunde haben alle selber nichts. Verdienen kann ich, da ich meine Gesinnung nicht zu biegen vermag, erst recht keinen Pfennig. Dabei wird man beim Einkauf des Nötigsten blödsinnig bewuchert. Ich bin also in wirklicher und unmittelbarer Not.

Mit 200 Mk wäre mir ausgiebig geholfen. Meine Freundin ist überaus haushälterisch, und am 1. August kriege ich wieder eine Kleinigkeit von meinen sogenannten Angehörigen. Da mein Vater auf dem Sterbebett liegt – er ist fast 77 Jahre alt, schwer herzkrank und hat noch zum Schluß seiner Ablehnung meines ganzen Daseins durch eine Testamentsänderung Ausdruck gegeben – werde ich binnen kurzem imstande sein, die Summe zurückzugeben. Ich schlage Ihnen vor, die Summe, die Sie mir zur Verfügung stellen wollen, alsdann an die Unterstützungskasse des Schutzverbands abzuführen. Dadurch könnte damit noch einem Kollegen auf die Beine geholfen werden.

---

33 Nach Lage der Dinge.
34 Erich Mühsam: „Protest" in *Zukunft*, Bd. 73, 26. November 1910, S. 298 ff.
35 AAdK-EM, III 3047 (erscheint in Band 4, voraussichtlich im Frühjahr 2013).

Ich hätte mich nicht an Sie gewandt, wüßte ich noch sonst irgendwen, dem ich mich anvertrauen kann, ohne fürchten zu müssen, mißdeutet zu werden. Da die Lage ganz arg ist, bitte ich Sie, recht rasch zu helfen.

Ich danke Ihnen im voraus herzlich und begrüße Sie als Ihr ergebener

Erich Mühsam

München, 6. Juli 15
Görresstrasse 8,o

Diesmal antwortet Hermann Bahr, aber wieder ablehnend. Mühsam notiert im Tagebuch am 12. Juli 1915:

Hermann Bahr hat mir einen ungemein lieben und schmeichelhaften Brief geschrieben, mir aber, da seine Frau jetzt nichts verdiene, er selbst von Vorschüssen lebe und 3 Familien zu erhalten habe, leider seine Hilfe versagen müsse.[36]

1922 erbittet Erich Mühsam aus der Festungshaftanstalt Niederschönenfeld Unterstützung für einen Haftgenossen, der entlassen wird. Clemens Schreiber, Mitglied der Kommunistischen Partei, war in der Festungshaft ein enger Freund Mühsams. Da er zwar in Kempten geboren wurde, aber die österreichische Staatsbürgerschaft hat, wird er mit der Entlassung auch aus Bayern abgeschoben. Daher schreibt Mühsam an Bahr:

Niederschönenfeld, d. 23. Febr. 22.

Festung

Lieber verehrter Hermann Bahr!

Der Übermittler dieses Schreibens ist ein Freund und Gesinnungsgenosse von mir. Ich weiß, daß ihn die zweite Eigenschaft bei Ihnen nicht empfiehlt. Umso mehr hoffe ich – soweit Ihre und meine Überzeugungen auch auseinanderstreben mögen, und ich verschweige Ihnen nicht, daß Clemens Schreiber besonders in religiösen Fragen ein intransigenter Bekämpfer Ihrer Auffassungen ist –, daß die freundschaftliche Gesinnung, die Sie mir in langen Jahren immer erwiesen haben, nicht erloschen ist, und daß Sie sie auf meinen Freund Schreiber übertragen werden. Schreiber hat zur Zeit infolge seiner Ausweisung aus Bayern ohne Heimat und Existenz; Frau und Tochter sind leidend, die übrigen Kinder (daß der Jüngste den Vornamen Proudhon trägt, wird Ihnen den Vater immerhin interessant machen) noch ganz auf die Eltern angewiesen. – Ich glaube, Sie gut genug zu kennen, um nicht sicher darauf rechnen zu können, daß Sie sich des Manns und seiner Familie annehmen werden, bis sie Boden unter den Füßen haben. Zu Charakteristik: Schreiber kann alles, was ein geschickter Mensch können kann. Er ist ein Bastler, wie ich noch keinen getroffen habe. Ihm ist keine Arbeit zu sauer und kein Problem der Handfertigkeit zu schwierig. Es wird also kaum schwer halten, ihm Beschäftigung zu verschaffen. – Und dazu kommt ein Weiteres, was ihn Ihnen empfehlen wird. Schreiber lügt nie! Er ist ein Fanatiker der Wahrheit (und mithin allerdings auch der Aufrichtigkeit, womit er sich manche nützliche Freundschaft verschüttet hat).

---

36 Ebenda.

Nehmen sie sich meines Kameraden an, und ich werde wissen, daß der Hermann Bahr in Salzburg kein andrer ist als der Hermann Bahr in Berlin war zur Zeit der Zauberer im Café Monopol und der er in München war (4 Jahreszeiten. Erinnern Sie sich unsres letzten Zusammenseins in Gesellschaft Frank Wedekinds?)

Dafür, daß auch ich noch derselbe bin, den Sie kannten, bürgt Ihnen, wenn sonst nichts, meine gegenwärtige Adresse. Und Sie dürfen glauben, daß nicht nur mein Charakter und meine Willensrichtung die gleiche geblieben ist, sondern auch meine alte Verehrung für Sie, lieber Hermann Bahr,

mit der ich Ihnen meinen Freund Schreiber empfehle und

mit der ich Sie herzlich grüße.

Ihr

Erich Mühsam

Clemens Schreiber scheint den Empfehlungsbrief nicht persönlich bei Hermann Bahr abgegeben zu haben. So erklärt sich die folgende Karte:

Absender
Mühsam
Niederschönenfeld
Festung

Herrn Hermann Bahr
Salzburg (Österreich)
Armbergschloß

N'feld, d. 13.III.22.

Lieber Hermann Bahr!

Nur um Sie nicht länger auf Antwort auf Ihre freundliche Karte warten zu lassen, vorläufigen herzlichen Dank für Ihre Bereitwilligkeit, meinem armen Freund beizustehn. Aber die Adresse kann ich Ihnen selbst noch nicht mitteilen: wahrscheinlich hat er noch keine. Wir erhielten am ersten Tage eine Karte vom Transport, seitdem nichts mehr, und ich vermute, daß Schr. noch auf der Suche nach Arbeit ist. Die Familie ist vorläufig in Kempten belassen worden. Ich halte Sie, sobald ich Genaueres weiß, bestimmt auf dem Laufenden.

Daß Sie mir Ihre freundschaftliche Gesinnung trotz allem nicht entzogen hätten, hatte ich erwartet. Aber die ausdrückliche Bestätigung hat mich doch sehr gefreut. Wer am Ende Recht behalten wird, können wir ja abwarten. Sie kennen mich gut genug, um zu wissen, daß auch der Ort, wo ich's abwarte, meine Zuversicht nicht erschüttern kann.

Viele Grüße Ihres getreuen Erich Mühsam.

Im Nachlass Hermann Bahrs findet sich auch ein Brief Erich Mühsams an Carl Sonnenschein, einen bekannten katholischen Priester und Sozialarbeiter, vom 1. Oktober 1925. Mühsam bittet ihn, sich für die Freilassung Alois Lindners, des bayerischen Revolutionärs, der nach der Ermordung Kurt Eisners im Bayerischen Landtag auf den sozialdemokratischen Innenminister Erhard Auer schoss und anschließend zu 14 Jahren Zuchthaus verurteilt wurde, einzusetzen. Im Brief regt er Carl Sonnenschein an, sich in dieser Sache auch an Hermann Bahr zu wenden. Das scheint geschehen zu sein. Ein entsprechendes Begleitschreiben findet sich aber nicht im Bahr-Nachlass.

Erich Mühsam
Charlottenburg Am Lützow 10
Fernsprecher Wilhelm 1686

Charlbg., 1. Oktober 1925

Herrn Dr. C. S o n n e n s c h e i n,

Berlin, Georgenstrasse 44

Sehr verehrter Herr Doktor!

Gestatten Sie mir, Ihre Aufmerksamkeit auf einen unglücklichen Mitmenschen zu lenken, dessen Schicksal, wie ich glaube, ohne Unterschied der Weltanschauungen Jeden bewegen muss, dessen Herz nicht von politischer Parteilichkeit vollständig verhärtet ist. Von Ihnen, Herr Doktor, weiss ich ja aus eigener Erfahrung, mit wie grossem Zutrauen man Ihre Hilfe für jeden Bedrängten und Misshandelten anrufen darf, ohne nach dem Stande, der Konfession oder der Partei seines Schützlings gefragt zu werden. In welcher Form Sie eingreifen können, um die massgebenden Stellen möglicherweise im Sinne der Auffassung zu beeinflussen, die in weiten Kreisen geteilt wird und die wirklich nicht von politischen, sondern von einfach menschlichen Erwägungen ausgeht, muss ich selbstverständlich Ihrem Ermessen überlassen. Da es sich jedoch um eine bayerische Angelegenheit handelt, die wohl am ehesten von München aus gefördert werden kann, darf ich vielleicht anregen, zunächst Herrn H e r m a n n B a h r für die Sache zu interessieren. Ich bin mit Herrn Bahr seit langen Jahren persönlich bekannt, und ich könnte mich gewiss auch direkt an den von mir sehr verehrten Mann wenden, der mir selbst mehr als einmal sein freundschaftliches Wohlwollen bewiesen hat, wenn ich nicht glaubte, dass ein Appell von Ihrer Seite, verehrter Herr Doktor, den daraufhin erfolgenden Fürsprachen des Herrn Bahr eine viel stärkere Resonanz sichern muss, als wenn ein Revolutionär wie ich zuerst an ihn herantritt.

Der Mann, für den ich mich einsetze, ist der am 15. Dezember 1919 vom Volksgericht in München zu 14 Jahren Zuchthaus verurteilte Schenkkellner A l o i s L i n d n e r, der im August 1919 in Oesterreich verhaftet, dann gegen die unter innegehaltene Bedingung, daß ihn kein Ausnahmegericht aburteilen dürfe, an Bayern ausgeliefert wurde, und der somit jetzt seit über 6 Jahren in Gefangenschaft leidet. Lindner hat am 21. Februar 1919 das bekannte Attentat im bayerischen Landtag auf den sozialdemokratischen Innenminister Auer begangen, den er durch Revolverschüsse verwundete, und hat darauf den sich ihm entgegenwerfenden Major Jahreis in der Abwehr niedergeschossen. Das Urteil fasste die beiden in enger Verbindung mit einander begangenen Taten als versuchten Mord und vollendeten Totschlag auf. Eine unbefangene Nachprüfung des Tatbestandes würde aber unzweifelhaft zu dem Ergebnis kommen, dass weder das eine noch das andere Delikt vorliegt, sondern dass es sich im Falle Auer allerhöchstens um versuchten Totschlag ohne Ueberlegung und im Falle Jahreis um einen tragischen

Zufall, um wirkliche oder putative Notwehr unter Ausschliessung der Willensverantwortlichkeit handelte.

Eine ausführliche Darstellung der gesamten Vorgänge des 21. Februar und der im höchsten Masse bewegten, durchaus anormalen Zeit, die vorherging, versage ich mir in dieser ersten Information, stehe aber mit reichlichem Tatsachenmaterial jederzeit zu Verfügung. Ich glaube zuversichtlich, Ihre Bereitwilligkeit, sich der Angelegenheit anzunehmen, durch die Erinnerung an einige Daten wecken zu können:

Eine Stunde, bevor Lindner die verhängnisvollen Schüsse im Landtag abfeuerte, war der unabhängig-sozialistische Ministerpräsident Kurt Eisner auf dem Wege zum Landtag, vor dem er seine Demission geben wollte, vom Grafen A r c o– V a l l e y erschossen worden. Hier handelte es sich um eine genau vorbereitete, sorgsam überlegte und mit grösster Besonnenheit ausgeführte politische Mordtat, wie Graf Arco selbst nie bestritten hat. Als dies Ergebnis im Revolutionären Arbeiterrat, dessen Mitglied Lindner war, mitgeteilt wurde, stürzte L. in besinnungsloser Aufregung in den im gleichen Gebäude liegenden Sitzungssaal und gab die Schüsse auf Auer ab, den er (wie wir alle) mindestens mittelbar für die Ermordung Eisners verantwortlich machte. Ich war an jenem Tage auf einer Agitationsreise von München abwesend, kann mich jedoch, da ich selbst ebenfalls Mitglied des Revol. Arbeiterrates war und Lindner genau kenne, sehr gut in die ganze Situation hineinversetzen. Besonders kann ich aus eigener Anschauung bestätigen, dass Lindner leicht erregbar war und dann jede Kontrolle über sich verlor. Im Volksgerichtsprozess selbst wurde aus seinen Personalakten festgestellt, dass er im Juli 1917 zum ungedienten Landsturm ausgehoben worden, aber schon 3 Monate späte wieder entlassen war, „da er wegen hochgradiger Reizbarkeit militärisch nicht verwendbar war". Gleichwohl sprach ihn das Gericht des überlegten Mordversuchs und des vorsätzlichen Totschlags schuldig, fand den nie vorbestraften Mann ehrloser Gesinnung überführt und verurteilte ihn zu 14 Jahren Zuchthaus und 5 Jahren Ehrverlust.

Eine Woche nach dem Lindner-Prozess fand die Volksgerichtsverhandlung gegen den Grafen Arco statt. Dieser wurde zum Tode verurteilt, wobei ihm jedoch die Ehrenhaftigkeit seiner Gesinnung ausdrücklich attestiert wurde. Das Urteil wurde wenige Tage nach der Verkündung in lebenslängliche Festungshaft umgewandelt, und es ist ja bekannt, dass für den Grafen ein Festungsstrafvollzug angewendet wurde, der in der krassesten Weise von dem abstach, wie wir übrigen Festungsgefangenen in Niederschönenfeld über uns ergehn lassen mußten. Seit 1½ Jahren befindet sich der Mörder Kurt Eisners überhaupt auf freiem Fuß.

Der arme Lindner führt inzwischen ein wahrhaft entsetzliches Leben im Zuchthaus zu Straubing. Die Unbeherrschtheit seiner Nerven ist nach den Auskünften, die mir von einigen seiner inzwischen entlassenen Mitgefangenen zugekommen sind, bei der furchtbar rigorosen und harten Behandlung, die ihm zuteil wird, nicht geringer geworden. Jede Aeusserung seines erhitzten Temperamentes aber wird als Disziplinbruch schwer geahndet, sodass er nun, wie mir ein Genosse, der kürzlich von Straubing entlassen wurde, versichert, entge[ɡ]gen den Vorschriften seit über 4 Jahren in Einzelhaft gehalten wird und – eine kaum fassliche Grausamkeit – seit 2½ Jahren dauernd Sprechverbot hat.

Als die sozialistische Regierung Oesterreichs im Herbst 1918 den Mörder des Grafen Stürgkh, Friedrich Adler, amnestierte, gab sie zugleich auch den nationalistischen Mörder des sozialdemokratischen Abgeordneten Schumeier frei. Ist es billig, dass die bayerische Regierung in der Behandlung Arcos und Lindners nur um der politischen Richtung willen so völlig gegensätzlich verfährt? Lindner hat schwer gebüsst, die Fortdauer seiner Peinigungen hiesse sein Urteil in Todesstrafe umwandeln. Bitte helfen Sie ihn retten!

Ihr dankbar ergebener

Erich Mühsam

Ob sich Carl Sonnenschein und Hermann Bahr für Alois Lindner eingesetzt haben, konnte nicht ermittelt werden. Der wurde jedenfalls im Frühsommer 1928 vorzeitig aus der Haft entlassen. Von seinem Besuch im Juni des Jahres bei Erich Mühsam in Berlin-Britz zeugen ein Brief Mühsams an Gustav Radbruch[37] und ein Foto, das August Sander von Alois Lindner, Erich Mühsam und Guido Kopp angefertigt hat.[38]

Der folgende Brief in Sachen Johann Hein ist ein Beweis dafür, dass sich Erich Mühsam für alle Opfer staatlicher Gewalt in gleicher Weise einsetzte. Johann Hein war in den Augen der Öffentlichkeit ein gefährlicher Gewaltverbrecher, der nichts anderes als die schließlich an ihm vollstreckte Todesstrafe verdiente.[39]

Berlin-Britz, den 29. September 1928
Dörchläuchtingstr. 48

Herrn Hermann Bahr
München
Barerstraße 50.

Lieber, verehrter Hermann Bahr!

Sie haben lange nichts direktes von mir gehört. Daß ich mich heute direkt an Sie wende, beweist Ihnen, daß ich in meiner inneren Beziehung zu Ihnen in den langen Jahren, seit wir zuletzt zusammen waren, nichts geändert hat. Wie und in welcher Gemeinschaft man das auswirken lassen will, was man in seinen Gefühlen und Erkenntnissen als das Anständigste und daher Lebenswerte erkannt hat, muß schließlich jeder für sich selbst entscheiden.

Die letzte Gefälligkeit, die Sie mir erwiesen haben, galt meinem eigenen Schicksal. Ich bin überzeugt, daß meine und meiner Genossen Freilassung Weihnachten 1924 nicht zum geringsten Ihrer Bemühung zu danken war. Ich glaube, Sie werden es als ein Zeichen meiner Dankbarkeit auffassen, wenn ich Ihre Hilfe auch jetzt wieder in Anspruch nehme, in einer ähnlichen Angelegenheit wie damals – nur noch weitaus ernster und dringender; aber nicht für mich, sondern für einen Menschen, den ich nicht näher kenne als Sie, und dem es den Kopf zu retten gilt.

---

37 EM-Briefe, S. 605.
38 August Sander: Menschen des 20. Jahrhunderts, Schirmer/Mosel, München, 2010, S. 253.
39 Der Fall ist im Internet recht ausführlich dokumentiert: http://www.klosterlausnitz-regional.de/Kriminalfaelle/Postraub/Postraub.htm

Sie werden sich des Namens Johann H e i n erinnern, in den Zeitungen als „Post-
räuber" etikettiert. Ein Koburger Gericht hat ihn zum Tode verurteilt, weil er sich
den Verfolgungen durch die Staatsgewalt durch Schüsse zu entziehen suchte,
durch die mehrere Beamte getötet wurden. Ich will die formalen Bedenken dagegen, daß man diese Schüsse auf der Flucht als überlegte Mordtaten angesehen hat,
vor Ihnen nicht entwickeln. Sie geht das Menschliche an, – mich auch. Hein hat,
wie selbst die Presse zugegeben hat, einen vorzüglichen Eindruck gemacht. Er
stand unter der Hörigkeit eines Freundes, der den vorher ganz soliden jungen
Mann zur Teilnahme an Eigentumsvergehen verleitete, aus denen sich denn das
weitere Unglück entwickelte. Hein wird von allen Seiten das beste Zeugnis ausge-
stellt, seine Braut steht noch jetzt zu ihm, sein Auftreten vor Gericht gewann ihm
alle Sympathien. Mein persönliches Interesse an ihm gründet sich einesteils auf
den mir ungeheuerlich scheinenden Standpunkt des Gerichts, der die Notwehr eines Fliehenden, wenn nur die Verfolger Beamtenuniform tragen, als Mord an-
sieht, dann aber auch darauf, daß Hein früher einmal den Auffassungen sehr nahe
stand, für die ich als Revolutionär werbe, und daß der Staatsanwalt in Koburg
eben mit dem Hinweis auf die anarchistische Vergangenheit Heins seine verbre-
cherische Veranlagung zu begründen versuchte.

An Sie, lieber Hermann Bahr, trete ich aber mit der Bitte heran, sich um die Ret-
tung Heins zu bemühen, weil der Verurteilte jetzt nicht mehr zu meinen, sondern
zu Ihren weltanschaulichen Bekenntnissen schwört. Hein ist von Haus aus Katho-
lik gewesen, ist dann in seiner revolutionären Periode aus der Kirche ausgetreten
und ist neuerdings erst wieder zu seinem Kindheitsglauben zurückgekehrt und in
die katholische Kirche von neuem eingetreten. Das läßt mich hoffen, daß in kirch-
lichen Kreisen einflußreiche Persönlichkeiten veranlaßt werden könnten, beim
bayerischen Ministerrat die Begnadigung zu empfehlen. Mir fehlen selbstverständlich die Beziehungen mit denen, die hier in Frage kämen. Sie aber, glaube
ich, könnten ein Wort für den Schaffott-Kandidaten an bestimmender Stelle einle-
gen. Bitte tun Sie es.

Das Reichsgericht hat leider gestern das Todesurteil in Ermanglung formaler Pro-
zeßirrtümer bestätigt. Es bleibt nur noch der Gnadenerweis der bayerischen Regierung übrig, soll das Leben des sicherlich nicht wertlosen Menschen gerettet
werden. Sollten Sie irgendwelche näheren Auskünfte brauchen, so fragen Sie bitte
Heins ausgezeichneten Verteidiger, Herrn Justizrat Victor Fraenkl, Berlin W.,
Potsdamerstraße 86 b, mit dessen ausdrücklichen Einverständnis ich Ihr bewähr-
tes vorurteilsfreies Menschentum anrufe. Oder aber fragen Sie bei mir an und ich
lasse mich von Justizrat Fraenkl informieren.

Jedenfalls helfen Sie! Sie haben mir auch geholfen, und da ging es noch nicht mal
unmittelbar um den Kopf. Sie werden Heins brave Mutter glücklich machen und
vielleicht (was ja aber Ihnen wichtiger sein wird als mir) den wiedergewonnenen
Glauben im Herzen des Katholiken völlig befestigen, wenn er seine Kirche sich
um die Erhaltung seines Lebens bemüht sieht.

Ich grüße Sie in alter aufrichtiger Verehrung

　　　Ihr

　　　　Erich Mühsam

Ob Mühsams Appell Hermann Bahr aktivierte, konnte nicht in Erfahrung gebracht werden. Jedenfalls wurde die verhängte Todesstrafe 1929 in eine lebenslängliche Haftstrafe gewandelt. Diese Korrektur verlängerte das Leben Heins aber nur unwesentlich: 1933 wurde er in einem neuen Verfahren wieder zum Tode verurteilt. Dieses Urteil wurde im Mai desselben Jahres vollstreckt.

Die Gratulation zum 70. Geburtstag Herrmann Bahrs ist der letzte Brief in dessen Nachlass. Es ist auch einer der letzten erhaltenen Briefe Mühsams, die er an eine andere Person[40] als seine Frau Zenzl geschrieben hat.

Nach seiner Verhaftung in der Nacht des Reichstagsbrandes wurde Erich Mühsam ins Zellengefängnis Lehrter Straße gebracht[41]. Am 6. April, seinem 55. Geburtstag, wurde er ins KZ Sonnenburg verschleppt, in dem er bis Anfang Juni 1933 schlimmsten Folterungen ausgesetzt war. Anschließend kam er wieder nach Berlin, diesmal in die Strafanstalt Plötzensee. Hier, in einer Zeit relativer Ruhe, konnte er wieder arbeiten, und ihn erfasste offensichtlich die leise Hoffnung auf Entlassung. Diese Hoffnung wird in seinem Brief an Hermann Bahr deutlich.

> Berlin-Plötzensee
> Strafgefängnis (Schutzhaft)
> 28. Juli 1933

Lieber, sehr verehrter Hermann Bahr!

Etwas verspätet – denn ich lese die Zeitung nicht mit vollkommener Pünktlichkeit – melde auch ich mich bei Ihnen mit herzlichen Wünschen zu Ihrem 70. Geburtstage. Sei Ihnen ein hohes Alter in beschaulicher Weisheit vergönnt, wie Sie es verdienen und wie Sie es erstreben. Aus meiner Adresse – als ich Ihnen zum 60. Geburtstag gratulierte, lautete sie sehr ähnlich – erkennen Sie, wie weite Wege es bei mir noch bis zu einem beschaulichen Dasein hat, und nach einem otium cum dignitate[42] sehne ich mich nicht einmal, obwohl ich es auch allmählich schon bis zu 55 Jahren gebracht habe. Meine gegenwärtige Haft – sie feiert heute ihr fünfmonatiges Jubiläum – unterscheidet sich von ihren verschiedenen Vorgängern darin, daß sie nicht als Strafe, auch nicht als Untersuchungsgefangenschaft bis zu einem Urteilsspruch über mich verhängt ist, sondern als Sicherungsgewahrsam, weil allein mein Herumspazieren unter den Mitmenschen unter den obwaltenden Verhältnissen als unzuträglich erachtet wird. Das muß in bewegten Zeiten wie der gegenwärtigen hingenommen werden, und ich beklage mich nicht, wenngleich die fristlose Ausdehnung des unbequemen Zustands, der Hunger nach Menschen und angemessener geistiger Kost und vor allem die große Sorge um meine gute Frau – Sie kennen sie ja –, da wir kein einen Pfennig besitzen und jede Möglichkeit, einen zu verdienen, mir für absehbare Jahre abgeschnitten scheint, nicht grade belebend auf die Stimmung einwirken. Nun, es geht vielen Hunderten jetzt nicht besser; was freilich die Hilfe für jeden dieser vielen Hunderte nur schwieriger macht.

---

40 Später, am 24. August 1933, schrieb er an Carl Georg von Maassen. Siehe EM-Briefe, S. 706.
41 Kreszentia Mühsam: *Der Leidensweg Erich Mühsams*, MOPR-Verlag, Zürich – Paris, 1935.
42 Würde- oder ehrenvoller Ruhestand.

Doch – ich will auch wahrhaftig von Ihnen weder Hilfe noch Mitleid, – will Sie aber trotzdem um etwas bitten dürfen. Nur für einen Eventualfall, nur auf eine entfernte Möglichkeit hin, die noch nicht einmal bis zur Aussicht gediehen ist. Wenn sich hier einmal die Tore für mich öffnen, so ist natürlich meines Bleibens in Deutschland keinerlei Fundament mehr vorhanden. Meine Bücher existieren nicht mehr auf dem Markt und für neue, auch nur für Zeitungsbeiträge wären mir alle Zugänge verschlossen. Ich müßte also mein Heil jenseit der Grenzen versuchen. Die Genehmigung meiner Ausreise könnte aber Schwierigkeiten begegnen und mindestens an Bedingungen geknüpft werden, deren Einhaltung nur durch mein Wort gesichert werden könnte. Falls es dahin kommen sollte, falls mir also Zusicherungen abverlangt werden sollten, die zu geben mir Ehre und Ehrlichkeit erlauben würden, – darf ich dann Sie als meinen Leumundszeugen nennen? Darf ich sagen: Hermann Bahr kennt mich; er will notfalls bestätigen, daß auf mein Ehrenwort Verlaß ist? Ich glaube im Ernst, daß Sie mich genügend kennen, um zu wissen, daß ich schon Sie nicht durch Verletzung gegebener Versprechungen in ein schiefes Licht setzen könnte. Vielleicht werde ich Ihre Fürsprache erst zu Ihrem 75. Geburtstage, vielleicht garnicht in Anspruch zu nehmen haben. Haben Sie aber Bedenken irgendwelcher Art, seien es solche, die in meiner Person, seien es solche, die in Ihren Gesinnungen begründet liegen, so bitte ich Sie, von diesem Briefe nur die Geburtstagswünsche gelten zu lassen, die, unabhängig von Entschlüssen und Bedenken, heute wie stets in dem Vierteljahrhundert unsrer Bekanntschaft für Ihr Wohlergehen in mir lebendig sind.

In aufrichtiger Verehrung Ihr alter

Erich Mühsam

Mühsams Hoffnung hat sich nicht erfüllt.

Quellen- und Literaturverzeichnis

Akademie der Künste, Archiv: Sammlung Erich Mühsam

Besinnung und Aufbruch. Monatsblätter freiheitlicher Bücherfreunde: Gilde freiheitlicher Bücherfreunde, Berlin, Jg. 1 Nr. 3, Juni 1929 und Jg. 3, Juni 1931

Dankerl, Norman: *Alois Lindner. Das Leben eines Bayerischen Abenteurers und Revolutionärs*, Edition Lichtung, Viechtach, 2007

Deutsche Montagszeitung, Berlin

Europäische Ideen, Berlin, Heft5/6, 1974

Kain. Zeitschrift für Menschlichkeit, Hrsg. Erich Mühsam, Kain-Verlag, München

Der Komet, München

Kunsthistorisches Museum Wien. Österreichisches Theatermuseum: Nachlass Hermann Bahr

Linse, Ulrich: *Organisierter Anarchismus im Deutschen Kaiserreich von 1871*, Duncker & Humboldt, Berlin, 1969

Mühsam, Erich: *Von Eisner bis Leviné. Die Entstehung der bayerischen Räterepublik*, Fanal-Verlag, Berlin, 1929

Mühsam, Erich: *Namen und Menschen. Unpolitische Erinnerungen*, Hrsg. F. A. Hünich, Volk und Buch Verlag, Leipzig 1949

Mühsam, Erich: *Eine Auswahl aus seinen Werken,* Verlag für fremdsprachige Literatur, Moskau, 1969

Mühsam, Erich: *Abrechnung*, in Erich Mühsam: *Streitschriften. Literarischer Nachlaß*, Hrsg. Chris Hirte, Verlag Volk und Welt, Berlin, 1984

Mühsam, Erich: *In meiner Posaune muß ein Sandkorn sein. Briefe 1900–1934.* Hrsg. Gerd W. Jungblut, Topos Verlag, Vaduz, 1984

Mühsam, Erich: *Tagebücher 1910–1924*, Hrsg. Chris Hirte, dtv, München, 1994

Mühsam, Erich: „Tagebuch für meinen Aufenthalt in Sylt vom 7.–28ten Juli 1891", in *Mühsam-Magazin*, Heft 5, Erich-Mühsam-Gesellschaft, Lübeck, 1997

Mühsam, Erich: *Tagebücher. Band 1 1910–1911*, Hrsg. Chris Hirte und Conrad Piens, Verbrecher Verlag, Berlin, 2011

Mühsam, Erich: *Tagebücher. Band 2 1911–1912*, Hrsg. Chris Hirte und Conrad Piens, Verbrecher Verlag, Berlin, 2012

Mühsam, Kreszentia: *Der Leidensweg Erich Mühsams,* MOPR-Verlag, Zürich – Paris, 1935

Müller, Reinhard: *Menschenfalle Moskau. Exil und stalinistische Verfolgung*, Hamburger Edition, Hamburg, 2001

Neue Deutsche Blätter. Monatsschrift für Literatur und Kritik, Faust Verlag, Prag, Wien, Jg. 2, Januar 1935

Rocker, Rudolf: *Der Leidensweg von Zenzl Mühsam*, Verlag die freie Gesellschaft, Frankfurt/M., 1949

Sinn und Form, Rütten & Loening, Berlin, 36. Jahr, 1984, 6. Heft, S. 1129–1155

www.klosterlausitz-regional.de/Kriminalfaelle/Postraub/Postraub.htm

www.muehsam-tagebuch.de

Nikolaus Gatter

„…die Urteile dieses Konservativen über die Berliner Schutzmannschaft…"

Erich Mühsam und Karl August Varnhagens Revolutionschronik von 1848

„Hätte ich nur den Varnhagen noch hier": dieser Stoßseufzer stammt vom 2. Oktober 1910. Erich Mühsam sah damals in München die erste Folge einer Artikelserie[1] durch, die er für Gustav Landauers Zeitschrift *Der Socialist* aus den 14-bändigen *Tagebüchern* von Karl August Varnhagen von Ense zusammengestellt hatte: „Ich möchte so gern die Urteile dieses Konservativen über die Berliner Schutzmannschaft zitieren, die er gleich bei deren Entstehen fällte."[2] Das war allerdings im Sommer 1848 gewesen; Mühsam hatte sich auf den Vormärz beschränkt, die in seinem Nachwort angekündigte Fortsetzung blieb aus.

Was ihn den Band 5 der *Tagebücher* zurückwünschen ließ, waren mehrwöchige Streiks der Kohlenarbeiter in Berlin-Moabit und ihr tumultuarischer Widerstand gegen Polizei und Streikbrecher.[3] Für die Eskalation der Gewalt machte der Berliner *Vorwärts* den so genannten „Janhagel", den „Bodensatz unserer famosen kapitalistischen Kultur" sowie studentische „Radaumacher" verantwortlich: „Wir Sozialdemokraten stehen den ganzen Vorgängen mit absoluter Passivität gegenüber", versicherte das Parteiblatt, die organisierte Arbeiterschaft sei „vollständig unbeteiligt".[4]

Wörtliche Wiederholungen in einer Reichstagsrede am 13. Dezember desselben Jahres deuten auf den SPD-Abgeordneten Eduard David als Autor des Kommentars hin[5], dem Mühsam seine eigene Deutung der Vorgänge entgegensetzte:

---

1 Erich Mühsam: Vormärz. Aus den Tagebüchern Varnhagen von Enses. In: Der Sozialist. Organ des sozialistischen Bundes Jg. 2, Nr. 18, 15.9.1910, S. 140–143; die Serie lief (mit einer Unterbrechung im Dezember) bis 1.3.1911. Vgl. Nikolaus Gatter: „Damals lohnte es noch, Tagebücher zu schreiben": Arbeiterpresse und vormärzliche Diaristik. In: Mühsam-Magazin 1997, Heft 5, S. 54–61.

2 Ders.: Tagebuch, 2.10.1910, http://www.muehsam-tagebuch.de (abgerufen am 23.7.2012).

3 Vgl. die fundierte, materialreiche und trotz gegenteiliger Behauptung eines ZEIT-Verrisses gut lesbare Dissertation von Thomas Lindenberger: Straßenpolitik. Zur Sozialgeschichte der öffentlichen Ordnung in Berlin 1910 bis 1914. Bonn 1995, S. 241–302.

4 Wie lange noch? In: Vorwärts. Berliner Volksblatt. Zentralorgan der sozialdemokratischen Partei Deutschlands, Jg. 27, Nr. 228, 29.9.1910.

5 Vgl. Zitate aus der Rede in Nick Brauns: Moabiter Unruhen. Vor 100 Jahren kam es in Berlin zu tagelangen Straßenkämpfen mit der Polizei. In: Junge Welt Nr. 218, 18.9.2010, S. 15; http://www.nikolaus-brauns.de (abgerufen am 23.7.2012).

Es ist durchaus wahrscheinlich, daß grade die Arbeiter in sehr berechtigter Wut gegen die Streikbrecher, die unter dem Waffenschutz der hohen Polizei ihr jämmerliches Geschäft verrichten, vielleicht unter Drohungen protestiert haben.

Polizisten „mit Brownings und Plempe" hätten, so Mühsam, erst „eine wahre Revolte hergestellt", weshalb der *Vorwärts* besser „jeden Angriff auf die Arbeiterverräter und die bezahlten Verbrecher im Schutzmannshelm gutgeheißen" hätte.[6]

Tatsächlich hatten sich bewaffnete Beamte in der Nacht vom 27. auf den 28. September 1910 Scharmützel mit Demonstranten geliefert – wobei in der Rostocker Straße alle Gaslaternen zertrümmert wurden, was zu völliger Finsternis führte. Vielleicht wurde dadurch Schlimmeres verhütet, denn die Polizei gab 163 Schüsse aus Repetierpistolen ab. Mindestens 150 Zivilpersonen (laut Polizeibericht vermutlich doppelt so viele) wurden verletzt, zwei kamen durch Säbelhiebe ums Leben, ein Angeklagter erhängte sich in der Haft. Um ihre Bündnisfähigkeit mit bürgerlichen Parteien zu wahren, ging die SPD auf Distanz zu „*Moabit*".[7]

Für Mühsam war es ein Schlüsselerlebnis. Beide Lektüren – die Vorwärts-Berichterstattung und die Zitate, mit denen er sie gern konterkariert hätte – motivierten und inspirierten sein eigenes, zugleich mit den Varnhagen-Studien begonnenes Tagebuch. Dessen Programm stellte er anderntags auf: keine Rücksicht darauf zu nehmen, ob die Notizen einst publik werden könnten, Aufrichtigkeit auch bei der „Entblößung meiner Geschlechtlichkeit", Verzicht auf Beschönigung oder Literarisierung:

> Über den Wert von Tagebüchern entscheidet nicht das Talent des Verfassers – denn die Zusammenhanglosigkeit der Bemerkungen hindert doch die Entstehung eines literarischen Meisterwerks –, sondern der Rhytmus der allgemeinen und persönlichen Ereignisse, die registriert werden.[8]

Varnhagens Charakteristik seiner Aufzeichnungen klingt nicht viel anders:

> Ich habe sie rücksichtslos nur für mich geschrieben, und setze sie eben so unbefangen fort, wobei mir doch nicht entgehen kann, daß sie manches Mittheilenswerthes enthalten. Die Welt sieht bis jetzt nur mein Censurleben, es wäre doch billig, daß sie auch mein censurfreies kenne![9]

6 Mühsam, Tagebuch, 2.10.1910, a. a. O.
7 Rundschau. In: Sozialistische Monatshefte Jg. 14, Nr. 26, 22.12.1910, S. 1708 (Hervorhebung im Original gesperrt); vgl. Nr. 21, 13.10.1910, S. 1388.
8 Mühsam, 3.10.1910, a. a. O.
9 Karl August Varnhagen von Ense: An Rosa Maria. Jetzt für Ludmilla!, 28.9.1837. Zit. nach Nikolaus Gatter: „Sie vor allen die *meine*...". Die Sammlung Varnhagen bis zu ihrer Katalogisierung. Anhang: Die Sammlung Varnhagen in Testamenten und Verfügungen. In: Wenn die Geschichte um eine Ecke geht. Almanach der Varnhagen Gesellschaft Bd. 1. Hg. v. dems. unter Mitarb. v. Eva Feldheim u. Rita Viehoff. Berlin 2000, S. 262.

Rein theoretisch hätte Mühsam diese handschriftliche Notiz kennen und die un-
gedruckten Teile des Tagebuchs in Berlin lesen können. Doch mit ihren Varn-
hagen-Beständen, darunter eine Autographensammlung mit Briefen von und an
9000 Personen, ging die Königliche Bibliothek reichlich zugeknöpft um. Dabei
hatte Varnhagens Nichte Ludmilla Assing ausdrücklich verlangt, alles solle „der
allgemeinen Benutzung möglichst überlassen werden".[10] Beim Eintreffen der
Schenkung 1881 fürchtete der damalige Bibliotheksdirektor „Reporter und Mitarbeiter an den hiesigen Zeitungen [...], welche sich zunächst einfinden werden,
um Artikel für ihre Blätter zu schreiben", und versicherte dem Kultusministe-
rium, „daß auch nur bekannten und zuverlässigen Personen, nach zuvor getrof-
fener Durchsicht der gewünschten Papiere, dieselben werden vorgelegt werden".[11] Noch Heinrich Hubert Houben, der 1905 die *Tagebücher* um ein Register
ergänzt und hierfür das dreimal so umfangreiche Manuskript herangezogen hatte, klagte über Nutzungsbeschränkungen.

Die Zugangssperren lichteten sich, als der Leiter der Handschriftenabteilung ein
Inventar erstellte, das sogar im Buchhandel erschien.[12] Hätte sich Mühsam wie
Walther Rathenau in Berlin nach Varnhagen erkundigt, wäre er von der Etiket-
tierung „Konservativer" abgerückt. „Mit Varnhagen", urteilte man noch um
1900 in den bürgerlichen Salons, „war man bis 48 befreundet, dann wurde er zu
radikal."[13] Auch die 1880 in Florenz verstorbene Ludmilla Assing, auf deren
Nennung man in Berlin gegenüber Karl Emil Franzos ebenso gereizt reagierte[14],
war Mühsams Aufmerksamkeit entgangen. Dabei hatte sie sich, als Herausgeberin der *Tagebücher* steckbrieflich verfolgt, in Florenz dem linken Flügel des Ri-
sorgimento angeschlossen und war, wie schon ihr Onkel, mit Bakunin befreundet. Lediglich ihre Mutter, Varnhagens Schwester Rosa Maria Assing, wird anlässlich von Mühsams Gutzkow-Lektüre im Tagebuch erwähnt.[15]

Mühsam, der Varnhagen zunächst als „Leisetreter"[16] verdächtigte, dürfte kaum
bekannt gewesen sein, dass sich dieser, ebenso wie seine Nichte, journalistisch
betätigte und sein Tagebuch passagenweise in Zeitungsartikel des Frühjahrs
1848 einging. Korrespondenzen aus Berlin schrieb Ludmilla Assing anonym im
Hamburger *Telegraph für Deutschland* (dessen Redaktion Feodor Wehl von
Karl Gutzkow übernommen hatte) und in Gustav Kühnes *Europa*, wobei sie

---

10 Ludmilla Assing an die Königliche Bibliothek, 5.7.1872. Ebenda, S. 268.
11 Richard Lepsius an Robert Viktor von Puttkamer, 25.2.1881. Zit. nach ebenda, S. 254.
12 Vgl. Ludwig Stern: Die Varnhagen von Ensesche Handschriftensammlung in der königlichen Bibliothek zu Berlin. Berlin 1911. Die Varnhagen Gesellschaft vergibt an Mitglieder Restbestände der
   Auflage.
13 Hedwig von Abeken zu Walther Rathenau, zit. nach Harry Graf Kessler: Walther Rathenau. Sein
   Leben und Werk. Mit einem Kommentar von Hans Fürstenberg. Erinnerung an Walther Rathenau,
   Wiesbaden [1962], S. 52.
14 Vgl. Karl Emil Franzos: Briefe von Ludmilla Assing. In: Königlich-privilegirte Berlinische Zeitung
   von Staats- und gelehrten Sachen (Vossische), Morgen-Ausgabe Nr. 135, 21.3.1902.
15 Mühsam, 17.9.1910, a. a. O.
16 Ebenda, 28.8.1910.

ganze Absätze eigener Tagebuchnotizen, aber auch solche ihres Onkels wörtlich wiedergab.[17] Erst recht hätte es Mühsams Vorbehalte ausräumen können, hätte er gewusst, dass gerade die Urteile über das erste Auftreten der Konstabler im Straßenbild Berlins, die er gegen den *Vorwärts*-Kommentar anführen wollte, dem Konvolut gar nicht handschriftlich, sondern bereits gedruckt beiliegen. Sie wurden nicht erst 1862 durch Ludmilla Assing, sondern schon 1848 als aktueller Beitrag zur politischen Debatte veröffentlicht.

Die von Varnhagen mit Bedacht *Tagesblätter* genannte, heute in Krakau aufbewahrte Chronik ist nicht in „Bücher" eingetragen, sondern als Loseblattsammlung angelegt.[18] In neun Kästen dokumentiert sie (in den ersten Jahren mit größeren Lücken, ab 1836 nahezu täglich) die Zeit vom 24. Februar 1834 bis zum 10. Oktober 1858, an dessen späterem Abend der Autor beim Schachspielen mit seiner Nichte plötzlich verstarb. Die farblich wechselnden Blätter wurden beidseitig eng beschrieben; auf Reisen wurden Hefte zur Niederschrift benutzt, anschließend aufgetrennt und ebenfalls eingelegt.

Ergänzt wurden sie durch weitere Zettel mit Gedichten, Anekdoten, Zitaten, Briefabschriften, Buchtiteln, vor allem aber mit Zeitungsausschnitten; Annoncen, Nekrologe, Jahre später veröffentlichte Reminiszenzen zum jeweiligen Ereignis oder auch tagesfrische Leitartikel, meist aus Varnhagens eigener Feder. Im Frühjahr 1848 schwollen Beilagen zu den sich ebenfalls vermehrenden handschriftlichen *Tagesblättern* stark an, indem sie den Umsturz in allen Details und zahlreichen variierenden Berichten dokumentieren. So legte Varnhagen das *Extrablatt der Freude* der *Vossischen Zeitung* zur Einführung der Pressefreiheit bei, einen Stadtplan mit eingezeichneten Barrikaden, Resolutionen mit Unterschriftenlisten, die (kommentierte) königliche Proklamation *An meine lieben Berliner* und manche Flugblätter, wie die Liste der am 18. März Gefallenen (ergänzt um die Namen der erst später ihren Verletzungen erlegenen Mitstreiter).

In den *Tagebüchern*, die Assing von 1861 bis 1870 aus dem *Tagesblätter*-Konvolut edierte, ist diese Textstruktur bedingt nachvollziehbar. Die den einzelnen Zetteln entsprechenden Abschnitte sind jeweils datiert, mit Zwischenstrich getrennt, manchmal mit späterem (Aufzeichnungs-)Datum, manchmal mit eingeklammerten Hinweisen wie „aus zuverlässiger Quelle von Augenzeugen" am Ende versehen. Nennt Varnhagen Informanten oder revolutionäre Akteure, so fehlen im Buch zu deren Schutz oft die Namen (die Houben 1905 wiederherstellte), sonst wurde das Frühjahr 1848 fast lückenlos wiedergegeben.

---

17 Vgl. Nikolaus Gatter: „Letztes Stück des Telegraphen. Wir alle haben ihn begraben helfen ..." Ludmilla Assings journalistische Anfänge im Revolutionsjahr. In: Internationales Jahrbuch der Bettina-von-Arnim-Gesellschaft Bd. 11/12, 1999/2000, S. 101–120.

18 Zum Folgenden vgl. ders.: „Gift, geradezu Gift für das unwissende Publicum!" Der diaristische Nachlaß von Karl August Varnhagen von Ense und die Polemik gegen Ludmilla Assings Editionen 1860–1880. Bielefeld 1996, S. 322–356.

Bei dem Eintrag vom 29. Juli 1848 findet sich ein gedruckter, auf denselben Tag datierter Text *Die Konstabler*, der als Doppelblatt im Format 23 x 14 cm beiliegt. Einen Drucknachweis oder andere Hinweise auf einen Publikationsort (Paginierung, Kolumnentitel o. Ä.) enthält das Blatt nicht. Es wurde wie die Zeitungsartikel, die nachweislich, etwa laut Redaktionsexemplar der *Allgemeinen Zeitung* von Varnhagen stammen, und ein längeres, aber Fragment gebliebenes Manuskript zur Vorgeschichte der Revolution von 1848 in den Buchtext integriert und lediglich durch die Überschrift abgesetzt. Zahlreiche ähnliche Kommentare zum Verhalten der Konstabler in späteren *Tagesblättern* lassen keinen Zweifel daran, dass der gedruckte Text eine Niederschrift von Varnhagen wiedergibt.

Die in Frankfurt von Arnold Ruge herausgegebene demokratische *Reform*, an der Varnhagen mitwirkte, hatte am Vortag einen Artikel zum selben Thema (vielleicht von Ludmilla Assing, jedenfalls unter einem andernorts von ihr benutzten Korrespondentenzeichen) mit einigen Übereinstimmungen gebracht.[19] Das Faltblatt *Die Konstabler*, das auf frühere Artikel der *Zeitungshalle* verweist, kann gleichzeitig in Berlin als anonyme, nicht illustrierte Flugschrift verbreitet worden sein. Solche Blätter teilten Straßenjungen gegen Pfennigbeträge an neugierige Passanten aus. Assing schildert sie, neben ambulanten Würstchen-, Gurken- und Zigarrenverkäufern bei den Zeltenversammlungen, in ihrem Bericht für die Dresdener *Europa*: „Andere kommen gerannt mit kleinen Flugschriften: Meine Herren, kaufen Sie das Allerneueste, das Allerneueste! – Der Papst hat geheiratet! – Der Kaiser von Rußland dankt ab! – Ganz etwas Wunderschönes, der Krakehler und der Kladderadatsch!"[20]

Vor der Revolution war, wie es in *Die Konstabler* heißt[21], im Straßenbild „das Militair eine Haupterscheinung" gewesen: „die Federbuschoffiziere, die Gardelieutenants, die großen schönen Soldaten, die Gendarmen"; seit der Revolution sei Berlin „eine Stadt des Bürgerthums, der Bürgerwehr, der Gewerbsleute und Arbeiter", und nun, vier Monate nach dem Barrikadenkampf, unvermutet zur „Konstabler-Stadt" geworden:

---

19 Vgl. Berlin, 27. Juli [gez. L]. In: Die Reform. Politische Zeitung Nr. 109, 28.7.1848. Assing zeichnete später oft mit L; zur Mitwirkung ihres Onkels an der *Reform* vgl. Karl August Varnhagen von Ense: Tagebücher. Hg. v. Ludmilla Assing. Bd. 5, Leipzig 1862, 1.10.1848, S. 214, ferner Arnold an Richard Ruge, 22.10.1865, in ders.: Briefwechsel und Tagebuchblätter aus den Jahren 1825–1880. Hg. v. Paul Nerrlich. Berlin 1886, Bd. 2, S. 253. Im Umfeld erschienen zwei Varnhagen-Artikel: *Politische Bemerkungen eines alten Praktikers* (Nr. 110, 29.7.1848, S. 936), als Zeitungsausschnitt an gleicher Stelle wie das *Konstabler*-Flugblatt abgelegt, und seine Nostiz-Rezension (Nr. 111, 30.7.1848, S. 938), wiederabgedruckt in Bd. 8 seiner *Denkwürdigkeiten*.
20 [Ludmilla Assing:] Briefwechsel. In: Europa. Chronik der gebildeten Welt Nr. 23, 3.6.1848, S. 379; vgl. dies.: Die Märztage Berlins. (Aus dem Tagebuche einer deutschen Frau.) Ebenda, Nr. 14, 1.4.1848, S. 233–236.
21 Das Folgende zitiert nach Varnhagen, a. a. O., Bd. 5, S. 138–141.

[...] wohin man blickt, sieht man Konstabler, sie schlendern in allen Straßen mit übereinandergeschlagenen Armen, sie stehen an allen Ecken, zu zweien, zu dreien und mehreren, es wimmelt von ihnen unter den Linden, überall stößt man auf Konstabler, welche pflichtmäßig das bisher von brotlosen Arbeitern aus Noth getriebene Bummeln üben [...]. Aber der Müssiggang ist langweilig, man sehnt sich in ihm bald nach Beschäftigung, und wo nothwendige fehlt, schafft man sich bald unnütze. Zudem haben diese Menschen, wenn schon zum Theil aus zweideutigen oder schlimmen Klassen – begnadigten Sträflingen, degradirten Soldaten, früheren Polizeisöldlingen und heimlichen Angebern, sagt man, freilich aber auch wieder aus verarmten Handwerkern, hülfsbedürftigen Bürgern, dienstlosen Handelsdienern und andern ehrbaren Leuten –, im Allgemeinen ein lebhaftes Ehrgefühl, und wollen auch etwas thun für die reiche Bezahlung. Daher spähen sie in ihrem Schlendern und Herumstehen mit gierigen Blicken nach irgendeiner Ungebühr, bei der sie einschreiten können, und da sich dergleichen leider gar wenig, oder nicht im Verhältniß der ungeheuren Zahl der Konstabler genug vorfindet, so erfinden sie den Anlaß, schreiten ein oder greifen zu, wo keine Ursache dazu ist, mustern die Vorübergehenden mit unverschämten Blicken, fragen belästigend nach Pässen, horchen auf die Gespräche, heißen die Leute, die stille stehn und etwas betrachten, ihren Weg fortsetzen, verhaften Abends die Leute, die durch große Bärte Verdacht erregen, schleppen die Magd, die ihre Herrschaft abholt oder in die Apotheke geht, als liederliche Dirne auf die Wache u. s. w. u. s. w.

Auf den erzwungenen „Müßiggang" hob auch die Titelgeschichte in der *Reform* ab. Die Konstabler werden hier, in ähnlicher Wortwahl, als *„privilegirte ‚Bummler'"* bezeichnet: „Etwas ganz Neues, noch nie Dagewesenes" (was auf eine unbedachte Äußerung des Polizeichefs anspielt, die dieser später zurücknehmen wollte), „mit übereinandergeschlagenen Armen [...] bald den blauen Himmel, bald die liebe Erde, bald die Vorübergehenden anglotzend", seien die Konstabler „der Arbeit entwöhnt, ihre ganze Thätigkeit besteht im Nichtsthun", und da ihre Instruktionen noch unbekannt seien, könne man über den Zweck nur spekulieren: *„möglich*, daß sie die Steine zählen sollen, um dann zu berechnen, wieviel Barrikaden ungefähr in Berlin gebaut werden können; möglich, daß sie die Gaslaternenständer beaufsichtigen und verhindern sollen, daß der Regierung ein ‚Wink mit dem Laternenpfahl' gegeben werde", doch vermutlich seien, so die *Reform*, die Konstabler nur „eine blaue, vermehrte Ausgabe der Gensd'armen".[22]

Das Unerhörte und Neue der Truppe wird bei Varnhagen ebenfalls hervorgehoben („diese Mißgeburt der Magistratsweisheit und Polizeierfindung ist bis jetzt einzig!") und zugleich relativiert: „Wenn der Polizeipräsident von Bardeleben aber ferner sagt, daß die neue Schöpfung an keine frühere Beziehung anknüpfe, so hat er nicht eben so Recht, denn sie knüpft allerdings an *mancherlei* Früheres an, z. B. an Bettelvogt, Nachtwächter, Polizeivigilant, Gendarm, Spürhund, Häscher und dergleichen mehr." Das Flugblatt schließt mit der Hoffnung, Berlin werde diese „freche Protestation gegen die Freiheit nicht lange dulden", und ei-

---

22 Berlin, 27. Juli [gezeichnet L], a. a. O. (Hervorhebungen im Original gesperrt).

ner ironischen Einladung an Touristen, sich Berlin als Konstabler-Stadt anzusehen, es sei „für den Augenblick" ein „sichrer, ruhiger, polizeimäßiger Aufenthalt" geworden.[23]

Natürlich hatte es schon vor dem Auftreten der Konstabler im Juli 1848 Ordnungskräfte in Berlin gegeben, zumal es im feudal-absolutistischen Staat kaum einen gesellschaftlichen Freiraum gab, der dem Allmachtsanspruch des Herrschers und seiner Polizeigewalt entzogen gewesen wäre.[24] Als eigenständige Zivilbehörde war das Polizeipräsidium von Berlin 1809 gegründet worden. Seine Exekutivkräfte waren durch königlichen Erlass von 1812 als Gendarmeriekorps militärisch verfasst und blieben auch nach der Reorganisation 1820, ihrer eigentlichen Gründung, Militärpersonal. Noch unter napoleonischer Besatzung war in Berlin nach französischem Vorbild eine bürgerliche Nationalgarde rekrutiert worden. Wie sich deren Angehörige verhielten, erlebte – vierzig Jahre vor der Revolution – der 22-jährige Karl August Varnhagen in einer Sommernacht des Jahres 1808. Er war beim Heimweg aus einem Salon Unter den Linden angehalten worden und protokollierte das Gespräch[25] für seine Freunde:

> Eine Patrouille von der Nationalgarde stürzte plötzlich auf mich los, umringte mich, und der Unteroffizier fragte ganz wild: Halt! Wer da. Halt! – *Ich.* Gut Freund! – *Unt.* Wer sind Sie? – *Ich.* Student. – *Unt.* Was? Student? wie, ein Student?
> *Ich:* Ja, ein Mediziner.
> *Unt.* So! ein Mediziner! Was machen sie dann aber so spät auf der Straße?
> *Ich.* Ich gehe nach Hause. Aber sagen Sie mir doch, Sie kommen ja dorther, was bedeutet denn das Trommeln und das Geschrei beim Schlosse!
> *Unt.* Nun, es marschiren Regimenter aus. Also ein Mediziner! Hm, hören Sie mal, das kommt mir doch verdächtig vor. Ein ordentlicher Mensch, ein Gelehrter, noch so spät auf der Straße? das ist nimmermehr richtig! Wo kommen Sie her?
> *Ich.* (lachend) Ich komme aus Gesellschaft. Ist Ihnen das noch nicht vorgekommen? Oder ist es seit heute verboten, daß man zu jeder Stunde auf der Straße sein darf?
> *Unt.* Ja, man darf wohl auf der Straße sein! aber das ist doch etwas sonderbar hier mit Ihnen!
> *Ein Nationalgardist.* Ha! Wie sie sich doch alle so fremd anstellen!
> *Unt.* Wir müssen das doch ein bischen untersuchen! Also ein Mediziner?
> *Ich.* Ja, (lange Pause).
> *Unt.* (hizig) Wissen Sie, Herr, daß ich sie gleich nach der Wache führen kann? Ich habe das Recht jeden, der mir verdächtig vorköm[m]t zu arretiren!
> *Ich.* Das glaub' ich wohl.
> *Unt.* Und wenn Sie nicht der sind, für den sie sich ausgeben, so haben Sie morgen einen schlimmen Stand. Denn so ist die Einrichtung!

23 Varnhagen, a. a. O., Bd. 5, S. 140.
24 Robert Harnischmacher, Arved Semerak: Deutsche Polizeigeschichte. Eine allgemeine Einführung in die Grundlagen. Stuttgart, Berlin, Köln, Mainz 1986, S. 42.
25 Karl August Varnhagen von Ense: Paris 1810 (Hervorhebungen im Original unterstrichen). Sammlung Varnhagen, Kasten-Nr. 258, Jagiellonische Bibliothek, Krakau.

Ich. Der bin ich aber. (Nun dachte ich würde die Untersuchung angehn, man würde meine Fremdenkarte sehn wollen, nach meiner Wohnung fragen etc. Keineswegs: nach einer kleinen Pause schlug mir der Unteroffizier auf die Schulter, und sagte zutraulich und rasch:

Unt. Ich will Ihnen was sagen! Ihnen kann kein Mensch was thun; gehen Sie ruhig nach Hause; ich sage Ihnen, Sie haben nichts zu riskiren!

Ich. Sehr wohl!

Unt. Gute Nacht, mein Herr!

Und alle Nationalgardisten wünschten mir gute Nacht. Ich aber ging verwundert nach Hause.

Wie kam es nun im Sommer 1848 zur erneuten Militarisierung der Ordnungshüter? Durch die Barrikadenschlacht vom 18. auf den 19. März und den vollständigen Abzug des Militärs hatte sich die Lage in Berlin grundlegend verändert. In den folgenden Wochen hätte niemand, auch nicht die bereits zu Beginn der Zeltenversammlungen tätigen freiwilligen Ordnungskräfte, waffenstarrende Auftritte in der Öffentlichkeit gewagt. Neben anderen Zugeständnissen bewilligte der König die Bewaffnung des Volks, aus der dann trotz des Zeughaussturms nichts wurde, und die Institutionalisierung einer Bürgerwehr. Die Letztere nahm, während die Schlosswache von der Schützengilde gestellt wurde, eher symbolisch bewaffnet, mit weißen Armbinden und Stäben unter dem Kommando des Polizeipräsidenten ordnungserhaltende Funktionen wahr.[26]

Auch wenn es immer wieder Zusammenstöße zwischen Demonstranten und Bürgerwehr gab, galten ihre Angehörigen als republikanisch oder zumindest konstitutionell gesinnt.[27] Als am 30. März in zunächst geringer Zahl Regimentssoldaten in die Stadt zurückkehrten, wurden sie an der Schlossbewachung beteiligt und übernahmen (ohne nennenswerten Widerstand, wohl weil den Bürgern das ehrenamtliche Wacheschieben mit der Zeit beschwerlich wurde) erneut die wesentlichen Wachstationen der Stadt- und Hausvogtei sowie des Arbeitshauses. Nach dem Zeughaussturm vom 15. Juni vereinigten sich, was bis dahin undenkbar schien, Soldaten und Bürgerwehr zum Einsammeln der Waffen. Polizeidirektor Julius von Minutoli musste allerdings auf Druck des Hofes zurücktreten.

Am 25. Juni übernahm eine neue Regierung, das „Ministerium der Tat" Auerswald-Hansemann, die Geschäfte. Nun wurden die unter Minutoli entwickelten Pläne realisiert: Aus der Landgendarmerie der Provinzen wurde eine 2000 Mann starke Konstablertruppe rekrutiert, die gegen Aufläufe, Kundgebungen und so genannte „Katzenmusiken" einschreiten sollte, bei denen es oft zu Sachbeschädigungen kam. Durchgesetzt wurde dies von Innenminister Kühlewetter und dem neuen Polizeidirektor von Bardeleben. Dessen Vorgänger reiste nach England, wo Konstabler erfolgreich gegen die Chartistenkundgebung vom 10. April

---

26 Vgl. C[arl] Nobiling: Die Berliner Bürgerwehr in den Tagen vom 19ten März bis zum 7ten April 1848. Ein unfreiwilliger Beitrag zur Geschichte der Militärereignisse. Berlin 1852, S. 6 f.

27 Vgl. Adolph Streckfuß: Die Staats-Umwälzungen der Jahre 1847 und 1848. Berlin 1849, Bd. 2, S. 769.

eingesetzt worden waren. War aber die Londoner Schutzmannschaft traditionell unbewaffnet, wie es Minutoli befürwortet hatte[28], sollte sie in Berlin blaue Uniformen, Büchsen und geschliffene Seitengewehre (Säbel) tragen, mit denen sie noch 1910, zu Mühsams Zeiten, ausrückte.

Die ersten Patrouillen der Konstabler Ende Juli 1848, ohne dass ihre Befugnisse bekannt gegeben, geschweige denn gesetzlich geregelt worden wären, beruhigten das Sicherheitsbedürfnis derer, denen „die freien Volksversammlungen [...] längst ein Dorn im Auge"[29] waren. Zugleich war die Schutzmannschaft ein sprechendes Zeichen für die beginnende Reaktion und sorgte für Proteste in der preußischen verfassungsgebenden Versammlung.[30] Seine Gegner warfen dem Innenminister eigenmächtiges Handeln und ein „grobes Mißachten der Rechte der Volksvertretung" durch Einführung der Konstabler vor. Der Polizeipräsident beharrte darauf, nur mit ihnen sei „in Berlin [...] die Ordnung wiederherzustellen", weil „die Thätigkeit der Gewerbe in dem Maße wächst, wie die äußere Ruhe zunimmt". Das Modell habe man „einem Volke entlehnt, das an die Freiheit, aber auch an die Achtung vor dem Gesetz gewöhnt" sei; mit dieser Berufung auf England wollte man die Parteigänger einer konstitutionellen Monarchie überzeugen. Die angegebenen Kosten von 500.000 Reichstalern waren nicht mehr aktuell; der Vereinigte Landtag hatte bereits die doppelte Summe für Maßnahmen der inneren Sicherheit von Berlin veranschlagt.

Die Hauptaufgabe der Konstabler charakterisierte Bardeleben so: „Wenn die öffentliche Ordnung gestört und durch Aufläufe gefährdet wird, so vereinigen sie sich, um solchen Aufläufen kräftig entgegenzutreten [...]". Zugleich seien sie mit der Vollmacht ausgestattet, im Bedarfsfall umstandslos weitere Bürger zu Konstablern zu ernennen. Innenminister Kühlewetter verwickelte sich allerdings in Widersprüche, weil er die Maßnahme als innovatorisch pries, andererseits nur von der Bürgerwehr nachgeordneten „Polizeidienern" sprach, für deren Anstellung kein neues Gesetz nötig sei. Auch der Polizeidirektor spielte den vorschnellen Jubel über die Neuartigkeit der Ordnungshüter herunter, ebenso ihre Missetaten: Zum Zeitpunkt der Debatte waren bereits drei Abgeordnete grundlos auf der Straße verhaftet und abgeführt, mit Rücksicht auf ihre Immunität aber bald wieder freigelassen worden.

Das Flugblatt vom 29. Juli 1848 nennt noch keine Einzelbeispiele für derartige Übergriffe. Varnhagen lobt aber ironisch die „Bescheidenheit und Artigkeit" des polizeilichen Umgangstons, wovon das Journal *Zeitungshalle* „die angenehms-

---

28 Vgl. seine Eingabe vom 20.6.1848 in: Dorothea Minkels: 1848 gezeichnet. Der Berliner Polizei-präsident Julius von Minutoli. Berlin 2003, S. 210 ff.

29 [Ludmilla Assing:] Berlin, d. 14. Mai. In: Europa. Chronik der gebildeten Welt Nr. 21, 20.5.1848, S. 348.

30 Das Folgende zit. nach: Stenographische Berichte über die Verhandlungen der zur Vereinbarung der preußischen Staats-Verfassung berufenen Versammlung. Bd. 1, Berlin 1848, 37. Sitzung am 9.8.1848, S. 719–727.

ten Geschichten" gebracht habe, und zitiert deren Aufruf „Fort! auf der Stelle fort mit dieser Mißgeburt des Polizei- und Spioniergeistes, das eine Masse von Bürgern, die in seinen Dienst traten, sittlich verdirbt [...]!".[31] Die *Zeitungshalle* bezifferte auch die Kosten mit einer Million Reichstaler; der – mutmaßlich von Ludmilla Assing eingesandte – *Reform*-Artikel nannte noch die Summe von einer halben Million. Die *Reform* berichtete aus Berlin fortlaufend von Übergriffen mit der resignierten Anmerkung, „das wird jetzt wohl unser tägliches Bülletin sein".[32] Nach Darstellung der Schutzmannschaften selbst hieß es rückblickend, der „Pöbel" habe das Eingreifen immer wieder provoziert.[33]

Tatsächlich erinnerten sich Zeitgenossen an Episoden des Widerstands, bei denen sie den Kürzeren zogen, denn die unerfahrenen Konstabler

> standen in geschlossenen Reihen kompagnienweise dem Volke gegenüber, und schritten immer erst dann ein, wenn sich bedeutende Volksmassen gesammelt hatten. Diese stoben bei dem ersten Angriff unter Schreien, Pfeifen, Lachen und Singen auseinander, liefen an den Reihen der Konstabler vorbei und sammelten sich hinter denselben wieder. So gab es eine fortwährende, höchst komische Jagd, bei welcher sich das Volk (welches übrigens, beiläufig gesagt, zum größten Theil aus zusammengelaufenem Gesindel, Lehrjungen und dergleichen, verstärkt durch eine große Menge neugieriger, aber unthätiger Zuschauer bestand) vortrefflich amüsierte.[34]

Auch die kursierenden Flugblätter bedachten die Schutztruppe mit Spott und Hohn, beispielsweise „Aujust Buddelmeyer", der sie für „überflüssig *jrob* und jrob *überflüssig*" erklärte[35], oder der Verfasser eines satirischen Gesprächs der Urberliner Neumann, Piesecke und Brennicke über die Debatte in der preußischen Nationalversammlung.[36]

Naturgemäß blieb das Verhältnis der bewaffneten Schutztruppen zur Bürgerwehr, der es angeblich „an Disziplin und Durchsetzungsfähigkeit mangelte"[37], gespannt. Am 25. September besetzten erstmals Konstabler die Nationalversammlung, die eigentlich unter dem Schutz der Bürgerschaft tagen sollte[38]; zehn Tage zuvor war zum Oberbefehlshaber der märkischen Truppen General von

---

31 Varnhagen, a. a. O., Bd. 5, S. 140.
32 *Berlin, 3. Aug. In: Die Reform. Politische Zeitung Nr. 116, 5.8.1848, vgl. 112, 1.8.1848; 117, 7.8.1848.
33 Paul Schmidt: Die ersten 50 Jahre der Königlichen Schutzmannschaft zu Berlin. Berlin 1898, S. 42.
34 Streckfuß, a. a. O., Bd. 2, S. 766; vgl. Bernhard Becker: Die Reaktion in Deutschland gegen die Revolution von 1848 in sozialer, nationaler u. staatlicher Beziehung. Wien 1869, S. 108 f.
35 Vgl. Aujust Buddelmeyer [= Adalbert Cohnfeld]: Konstabler kooft! Halloh, wer kooft! Allerneuste Walddeibel, die der Majestrat brummen lassen will! Ein Jespräch mit seinen juten Freund Fritze. Berlin 1848 (Hervorhebungen im Original gesperrt).
36 Vgl. Die Constäpler bleiben; kühl' Wetter bleibt! Nu noch de Cholera, denn is de Pulle voll! Berlin 1848.
37 Schmidt, a.a.O., S. 18 f.
38 Vgl. Stenographische Berichte, a.a.O. Bd. 2, 47. Sitzung am 25.9.1848, S. 1208.

Wrangel ernannt worden, der am 10. November mit 15.000 Soldaten in Berlin einrückte, den Belagerungszustand ausrief und anderntags die Bürgerwehr aufhob. Damit setzte er die bewaffneten Konstabler endgültig als Polizeimacht durch. Drei Veteranen dieser Truppe erschienen übrigens noch fünfzig Jahre später zur Feier des Gründungsjubiläums in originalen blauen Uniformen.[39]

Welchen Sinn mochte es für Erich Mühsam haben, angesichts einer brutalen Polizeiaktion in Berlin die über sechs Jahrzehnte alten Urteile Karl August Varnhagens heranzuziehen? Der Einsatz obrigkeitlicher Gewalt gegen die öffentliche Meinung hatte den Autor, der bis 1848 wohl eine parlamentarisch kontrollierte Monarchie nach britischem Vorbild für wünschenswert hielt, vollends zum Demokraten gemacht. Ein weiterer revolutionärer Wendepunkt war für ihn die Nachricht vom Einsatz preußischer Truppen bei der Niederschlagung der sächsischen Revolution im Mai 1849. Im gedruckten Text der *Tagebücher* steht nur eine Ellipse: „Frag' ich mich in solcher Weise, was mit den Dresdner Vorgängen gemeint sei, so findet sich als Antwort –", weil der sächsische Verleger Brockhaus noch 1862 die aus diesem Ereignis gezogene Schlussfolgerung nicht drucken wollte. Varnhagens Fortsetzung steht im *Tagesblätter*-Manuskript:

> daß die Thatsache dastehen soll, ein deutscher Fürst hat auf sein Volk, das für sein politisches Recht auftrat durch eigne und fremde Truppen schießen lassen, und dieser Zweck ist vollkommen erreicht, ein Hauptwerk zur Entwurzelung der Dynastien! Wer gesiegt, ist daneben fast gleichgültig.[40]

In der Reaktionsära dokumentierte Varnhagen den rasanten Abbau der 1848 für kurze Frist geltenden Zivil- und Menschenrechte.

> Die Janitscharenwirthschaft der Konstabler wird immer ärger,

notierte er ein Jahr nach der Auflösung der Nationalversammlung,

> täglich werden Bürger mißhandelt, Thüren erbrochen, Verhaftungen vorgenommen, nach bloßer Willkür, gegen Recht und Gesetz. Und weder Verwaltung noch die Gerichte steuern dem Unfug und Greuel! Die Gerichte können nicht mehr einschreiten, die augendienerischen Staatsanwälte lassen es von oben verbieten.[41]

Dass diese Stelle in den *Tagebüchern* gedruckt stand, ließen Polizei und Staatsanwaltschaft auch fünf Jahre nach Varnhagens Tod nicht auf sich sitzen. Gerade die Allgemeinheit der Formulierung konnte juristisch als Beleidigung von Amtspersonen in Bezug auf ihren Beruf angezeigt werden, ohne (wie bei einem der vielen von Varnhagen erwähnten Fallbeispiele) ins Detail gehen zu müssen.

---

39 Vgl. Claudia Klemm: Erinnert umstritten gefeiert. Die Revolution von 1848 in der deutschen Gedenkkultur. Göttingen 2007, S. 174.

40 Varnhagen, a. a. O., 10.5.1849, Bd. 6, Leipzig 1862, S. 162; vgl. Tagesblätter, Kasten 5. Sammlung Varnhagen, Jagiellonische Bibliothek, Krakau, Kasten 254.

41 Ebenda, 5.12.1849, S. 466.

Zwar lebte Ludmilla Assing längst in Italien und konnte nur in Abwesenheit zu mehrjähriger Gefängnisstrafe verurteilt werden. Gegen sie wurde ein Steckbrief erlassen, was die Herausgeberin nicht daran hinderte, weitere Bände *Tagebücher* in der Schweiz und in Hamburg, speziell die der Revolutionszeit in zweiter Auflage bei Brockhaus in Leipzig zu veröffentlichen. Doch gab es in Preußen Redakteure, die – wie fünfzig Jahre später Erich Mühsam im *Socialist* – Auszüge aus Varnhagens Chronik in die Zeitungsspalten brachten, um das verdrängte Erbe der Revolution für die tagespolitische Debatte zu aktualisieren.[42] Einige wurden belangt, darunter Eduard Meyen, der gelegentlich in Varnhagens Chronik auftauchte; er wurde 1847 wegen Absingens des *Weberliedes* verhaftet, was Mühsam in seine Auswahl aufnahm.[43] Inzwischen redigierte Meyen eine Tageszeitung, die im November 1862 mit dem Zitat aus den – damals noch nicht rechtskräftig verbotenen – *Tagebüchern* Varnhagens die Janitscharenwirtschaft der Konstabler beklagte.[44] Die *Berliner Reform* wurde daraufhin konfisziert, doch der Redakteur, weil nur „erlaubte" historische Kritik zitiert war, in erster Instanz freigesprochen.[45]

Das reichte dem Staatsanwalt nicht; er ging in die Berufung. „Die Notizen beleidigten das Polizeipräsidium, die Schutzmannschaft und die Staatsanwaltschaft", führte er vor dem Kriminalsenat des Kammergerichts aus, „drei Behörden, die 1849 existirten und noch heute vorhanden" seien. Zwar sei die „Wissenschaft […] allerdings frei, aber ihr Wesen sei die Objectivität"; hier dagegen „handle es sich […] um ein Tagebuch, bei dessen Abfassung der Verfasser nicht daran gedacht habe, Geschichte zu schreiben". Meyens Anwalt bekräftigte den Wahrheitsgehalt der inkriminierten Stellen durch Verlesung von Zeitungsartikeln: wieder begegneten sich Journalistik und Tagebuch. Varnhagens Aufzeichnungen seien, hieß es im Plädoyer der Verteidigung, „unschätzbares Material für einen künftigen Geschichtsschreiber"; der Autor „stehe Niemandem in der Liebe zu seinem Vaterlande nach, ja er leuchte darin voran", und es sei daher „unmöglich, daß dieser Mann die Behörden seines Vaterlandes habe schmähen wollen". Da nicht bewiesen werden konnte, ob die beleidigten Personen zum Zeitpunkt des Erscheinens noch im Amt waren, wurde der Freispruch bestätigt.[46] Am Verbot der 1848er-*Tagebücher* von Karl August Varnhagen in Preußen änderte das nichts.

---

42 Vgl. hierzu Nikolaus Gatter: Kampf um das Gedächtnis der Revolution. Ludmilla Assing (1821–1880) und Karl August Varnhagen von Ense (1785–1858). In: Akteure eines Umbruchs. Männer und Frauen der Revolution von 1848. Hg. v. Walter Schmidt. Bd. 3, Berlin 2010, S.11–53.

43 Vgl. Mühsam, Vormärz, a. a. O., Jg. 3, Nr. 3, 1.2.1911, S. 21.

44 Vgl. Anekdoten und Notizen aus dem Jahre 1849. In: Berliner Reform Nr. 265, 9.11.1862.

45 Vgl. Stadtgericht. Vierte Deputation. In: Berliner Gerichtszeitung, Jg. 11, Nr. 16, 5.2.1863. Namentlich sollte die Beleidigung die „frühern" Beamten „v. Kirchmann und Temme" getroffen haben. Vgl. auch das ausführliche Zitat aus dem staatsanwaltlichen Plädoyer in: Berliner Preßprozeß. In: Die Presse. Abendblatt, Jg. 16, Nr. 36, 6.2.1863.

46 Preßprozesse. In: Rheinische Ztg. Nr. 224, 31.5.1863.

Für Erich Mühsam wäre – als Antwort auf den *Vorwärts* und Kommentar zur Distanzierung sozialdemokratischer Politiker von den Moabiter Streikaktivisten – gewiss neben den *Konstablern* auch die zweite unter dem Datum 29. Juli 1848 abgelegte Beilage in den *Tagesblättern* willkommen gewesen. Es war ein an diesem Tag erschienener Varnhagen-Artikel, der mit den Worten beginnt:

> Unsere Staatsleiter gleichen zaghaften Schiffern; anstatt ins hohe Meer der Freiheit kühn hinauszusteuern, wo die *wenigste Gefahr* und die größte Förderung ist, halten sie sich möglichst der Küste nah, wo die Klippen und Sandbänke liegen. Ohne Wissenschaft und Einsicht, fühlen sie im offnen Meere sich wie verloren, wo der Kundige sich grade *am sichersten* weiß. Sie dürfen *das Ufer* des alten Polizeistaates *nicht aus den Augen verlieren*, und gerade deshalb scheitern sie.[47]

---

47 Politische Bemerkungen eines alten Praktikers, a. a. O., S. 936 (Hervorhebungen im Original gesperrt).

Wolfgang Beutin

Erich Mühsam und Kurt Hiller

*Revolutionäre, literarische Kontrahenten und Antifaschisten, in der
Folterhölle vereint*

Politisch war die Ära von 1871 bis 1933 in Deutschland von extremer Dynamik
geprägt, gekennzeichnet durch gegensätzliche Tendenzen. Auf der einen Seite
sah sie das Emporwachsen der Arbeiterbewegung, die durch Bismarcks Sozialistengesetz (1878–1890) nicht hatte ausgelöscht werden können, sondern im Ab-
wehrkampf zusätzlichen Auftrieb erhielt (der Faktor „Widerstand"). Auf der anderen Seite folgte der Konsolidierung des Kaiserreichs die Herausbildung des
deutschen Imperialismus – der sich mit Ausrufung der deutschen „Weltpolitik"
1897 provokant auf der internationalen Bühne etablierte (der Faktor „Gewalt").
Kulturell trat viel Neues in Erscheinung, Grundstürzendes und die Bürgerwelt
Aufscheuchendes, darunter starke Kulturreformbestrebungen: u. a. die (Sexu-
al-)Strafrechtsreform und verwandte Modernisierungsansätze sowie in den
Künsten diverse Avantgarde-Bewegungen, zuerst der Naturalismus. Es ist gut
begründet, wenn in geschichtlicher Perspektive in Deutschland die literarische
Moderne zwischen der Gründung des 2. Deutschen Kaiserreichs und dem Ende
der Weimarer Republik angesetzt wird, also in der Epoche von 1871–1933. Den
unterschiedlichen weltanschaulichen Richtungen und politischen Faktionen im
Reich ordneten sich mit ihnen kooperierende Gruppen von Künstlerinnen und
Künstlern zu. Unter diesen reichte die Spanne von konservativen Wortführern
auf der Rechten, die sich meist auch antisemitisch gerierten, vor allem in der
„Heimatkunst" und „Blut-und-Boden-Dichtung", bis zu Autorinnen und Autoren, die der Linken in ihren verschiedenen Spielarten zuneigten. Eine besondere
soziologische Kategorie bildeten einzelgängerische Künstler, quasi Wandelster-
ne zwischen den disparaten Strömungen, Bünden, Clubs und sonstigen Vereinigungen auf der Linken, dabei Schriftsteller, die von ihren bourgeoisen Veräch-
tern oft als „Asphaltliteraten" – weil in den Großstädten heimisch – geschmäht
wurden, auch als „Kaffeehausliteraten" – weil sie sich in Cafés der Geselligkeit
widmeten. Im Übrigen scheuten die Bohémiens ihrerseits nicht vor der Gründung von Bünden und Vereinigungen zurück, und ein Kurt Hiller war geradezu
ein Champion darin.

Die hier als Einzelgänger Bezeichneten fußten meistens auf einer eigenwilligen
philosophischen oder Weltanschauung, vermochten ihre individuelle Politik und
Ästhetik zu entwickeln, dazu einen schroff individuellen Stil, und errangen so,
falls von ihnen genügend Ausstrahlung ausging, in Bohème-Kreisen und in der
umfassenderen Sphäre der Linken eine geachtete Stellung, Bekanntheit, verein-

zelt Ruhm. Eines ihrer Kennzeichen war es, dass sie es nicht nur verstanden, Avantgarde-Kunst zu schaffen, sondern dass sie in ihrem Schaffen auch unterschiedliche Modernisierungsansätze aufnahmen, dazu politische Lehren, die meist der Arbeiterbewegung entstammten. Obwohl sie sich gern in Kämpfe gegeneinander einließen – das Wort vom „getrennten Marschieren" –, schlugen sie bei anderer Gelegenheit doch auch vereint; oder versuchten dies wenigstens. Wenn ich daher in einem Nachschlagewerk für Erich Mühsam die Formel lese: „gegen Reaktion, Militarismus und Faschismus kämpfender radikaler Publizist"[1], kann ich das ohne Weiteres auf Hiller übertragen, für den die Formel ebenso gilt. Es gilt auch manch anderes für beide gemeinsam, so die Distanzierung vom Marxismus.[2] Wiederum anderes trennte sie scharf voneinander, weil Hiller Mühsams Anarchismus verwarf, ebenso wie umgekehrt Mühsam Hillers staatsphilosophische Gedankenwelt.

Der Expressionist Kurt Hiller war der Prototyp des Großstädters, des von den Faschisten so befehdeten „Asphaltliteraten", der die Cafés schätzte. Er bekannte sich dazu und wollte es nicht anders. So vollzog sich sein Leben ausschließlich in Metropolen. Davon gibt es vier in seiner Biographie.

Ihren Ausgang nahm diese in der Reichshauptstadt *Berlin* 1885, wo er – von Unterbrechungen durch Studium, Reisen sowie Konzentrationslagerhaft abgesehen – fast ein halbes Jahrhundert seines Lebens verbrachte, bis zum Herbst 1934. Nach einer Qualperiode 1933/34 mit Einsperrung in zwei Gefängnissen und drei KZs und nach seiner Entlassung am 28. April 1934 nötigten ihn die politischen Zustände in Deutschland zur Emigration. Am 2. Oktober des Jahres traf er in *Prag* ein, das jedoch nach dem „Münchener Abkommen" keine sichere Zuflucht mehr bot. Daher floh er vier Jahre darauf nach *London* weiter. Eintreffen am 8. Dezember 1938. Es folgten siebzehn Jahre Exil dort, ehe er 1955 – siebzigjährig – nach Deutschland zurückkehrte. Die Stadt seiner Geburt, das politisch jetzt insulare, im „Kalten Krieg" nicht wenig geschundene Berlin, erschien dem feinnervigen Schriftsteller kaum als ertragbares Domizil, so dass er das immerhin (see-)luftigere, ihn damals auch künstlerisch-literarisch stärker anmutende *Hamburg* vorzog. Hier beschloss er sein Leben 1972 im Krankenhaus am Schlump. Seine Asche ist auf dem Ohlsdorfer Friedhof beigesetzt worden.

Den vier Metropolen Kurt Hillers entsprachen vier Lebensabschnitte, die sich auf vier Perioden der deutschen und europäischen Vergangenheit verteilen. Deren Schatten fielen düster auf seine Biographie, und es konnte nicht ausbleiben – nichts prägte sein Wirken so entscheidend wie die Geschichte seiner Epoche. Vorzugsweise beteiligte er sich an ihr, indem er sich den darin wechselnden do-

---

1 Günter Albrecht u. a. (Hsg.), Lexikon deutschsprachiger Schriftsteller von den Anfängen bis zur Gegenwart, Leipzig 1974, 2, 109.

2 Mühsam: „Ich bin kein Marxist ...", so in seinem Essay: „Aufgaben der Revolution", in: Ausgewählte Werke, hg. von Christlieb Hirte, 2 Bde., Berlin 1978 [*nach dieser Ausg. alle Mühsam-Zitate im Vortragstext*], 2, 184–192; hier: S. 189.

minanten Tendenzen widersetzte. Er nannte dies Opponieren: „Leben gegen die Zeit". Genauso lautet denn auch der Titel seiner Autobiographie (1969). Die vier historischen Perioden waren: die Kaiserzeit in Deutschland, in der Ära des prosperierenden Bürgertums und des 1. Weltkriegs (1885–1918); die Nachkriegszeit oder „Weimarer Republik", welche sich aus der Retrospektive zugleich als Zwischen- oder schon neue Vorkriegszeit zu erkennen gibt (1918–1933); die Ära des Faschismus und der 2. Weltkrieg (1933–1945); darauf folgend abermals eine Nachkriegszeit, die nun in der Bundesrepublik eine Phase neuerlicher Prosperität einleitete (1945 und Folgejahre). Man könnte sagen, er habe sein Leben überwiegend unter der Drohung einer deutschen Politik verbracht, für die der Hamburger Historiker Fritz Fischer die Wendung fand: „Griff nach der Weltmacht". Sie in erster Linie verursachte die zwei Weltkriege des 20. Jahrhunderts, die man mit Ludwig Dehio als zwei Akte (1914/1939) eines einheitlichen Dramas zu betrachten vermag.

Er begann seinen Weg als Autor nach einem Jurastudium mit dem rechtsphilosophischen Buch „Das Recht über sich selbst" 1908 (Neudruck: Neumünster 2010). Hierin äußerte er, wie gleichzeitig in Österreich der Satiriker Karl Kraus, Wegweisendes. Er übte Grundsatzkritik und machte Reformvorschläge, die bis in die Gegenwart (eines neuen Jahrtausends) weiterwirken, regte prinzipiell Neues an, welches zu seiner Zeit unerhört, über die Maßen sensationell bis skandalös erschien, womit er sich indessen aus Sicht der Gegenwart den dauerhaften Ruhm erwarb, notwendige Fortschritte in der Gesetzgebung Deutschlands energisch propagiert zu haben.

Kurt Hillers Geburtsjahr 1885 war – was sich wie ein Symbol ausnehmen mag – dasselbe, was als Anfangsjahr der künstlerischen Moderne in Deutschland gilt. Er entwickelte sich rasch zum unzweifelhaft wichtigsten Theoretiker der *Berliner Moderne* im Zeitabschnitt des *Expressionismus*. Ungefähr seit dem Beginn des 1. Weltkriegs gründete er den „Aktivismus", den man als eine politisierte Variante des Expressionismus bewerten könnte. 1916–1924 gab er zur Förderung des Aktivismus die „Ziel"-Jahrbücher heraus, insgesamt 5 Bände. 1926 initiierte er in Berlin die Gründung der „Gruppe Revolutionärer Pazifisten" (GRP).

Hatte Hiller sich im 1. Weltkrieg politisiert, so politisierte er sich während der Weimarzeit stetig stärker, um in deren zweiter Hälfte sich unverdrossen der Arbeit für Theorie und Praxis des revolutionären Pazifismus zu widmen. Während der Novemberrevolution leitete er für kurze Zeit in Berlin den *Politischen Rat geistiger Arbeiter*, dessen Ziel darin bestand, in den Ereignissen die Interessen der Geistigen und der Kultur wahrzunehmen. In seiner Rede am 2. Dezember 1918 verwies Hiller darauf, worin der Rat das Schwergewicht seiner Tätigkeit erblicke:

> Wir sahen die politische Revolution; das Proletariat, dessen Eigeninteresse sich
> deckt mit dem Gebot der Gerechtigkeit, wird dafür sorgen, daß der politischen die

soziale Revolution folge; aber wahre Revolution ist erst dort, wo die kulturelle Revolution gelang. (R 19[3])

Im Programm des Rats sieht man den Ansatz, der kurze Zeit später vom Aktivismus zum Pazifismus hinüberleitete: „Leitstern aller künftigen Politik muß die Unantastbarkeit des Lebens sein." (R 24)

Als Doppelaufgabe des Rates erscheint: Der Kampf „vor allem gegen die Knechtung der Gesamtheit des Volkes durch den Kriegsdienst und gegen die Unterdrückung der Arbeiter durch das kapitalistische System." (zit. in: L, S. 122)

Dass der Pazifismus, in den Hiller seine Kraft seit 1920 immer stärker einbrachte, den Klassenkampf nicht ausschloss, sondern ausdrücklich legitimieren sollte, erweist seine Rede „Linkspazifismus" (1920). Dieser sei eine „kämpferische Bewegung für eine Idee. [...] Nicht für die Idee, daß auf Erden zwischen Menschen und Menschengruppen Kämpfe aufhören, sondern für die Idee, daß auf Erden Kriege aufhören." (R 27) Für „Linkspazifismus" wird sein Schöpfer präzisierend dereinst „Revolutionärer Pazifismus" setzen.

Die Reihenfolge der Avantgarde-Bewegungen, in denen Hiller sich betätigte, die er z. T. selber initiierte und zeitweilig auch leitete, war also diese: Vom Expressionismus zum Aktivismus, vom Aktivismus zum Pazifismus, von hier zum Links- und Revolutionären Pazifismus. Was damals im Berlin der Weimarzeit an Theoriebildung zum Pazifismus geleistet wurde, kann heute kaum überschätzt werden. Das damalige denkerische Niveau auf diesem Gebiet ist nach 1945 in der Bundesrepublik bei Weitem nicht mehr erreicht worden, von einigen Ausnahme-Autoren wie etwa Eugen Drewermann abgesehen. Hiller sammelte wichtige schriftstellerische Repräsentanten des revolutionären Pazifismus in der „Gruppe Revolutionärer Pazifisten", der einige Berühmte beitraten (Tucholsky, Toller, Helene Stöcker, Walter Mehring) und andere nahestanden (Ossietzky, Klaus Mann). Kein Zufall, dass die Mehrzahl der Autoren, die sich in der GRP zusammenschlossen, Mitarbeiter der „Weltbühne" waren, einer der attraktivsten und erfolgreichsten deutschsprachigen Zeitschriften der Ära. Für sie gilt wie für keine andere das Goethesche: „Bewundert viel und viel gescholten". Zur Handvoll der bekanntesten „Weltbühne"-Autoren zählte Hiller. Die Liste seiner Beiträge darin ist sehr lang, wie es Harald Lützenkirchens „Vorläufige Gesamt-Bibliographie der Schriften Kurt Hillers" (1992) ausweist. Schrillste Hasstiraden von rechts gegen diese brillante Zeitschrift reißen bis heute nicht ab. Noch wäh-

---

3 In diesem Beitrag benutzte Veröffentlichungen Kurt Hillers:
   K   Köpfe und Tröpfe. Profile aus einem Vierteljahrhundert, Hamburg etc. 1950
   R   Ratioaktiv. Reden 1914–1964. Ein Buch der Rechenschaft, Wiesbaden 1966
   L   Leben gegen die Zeit (Logos), Reinbek 1969
   Rb   Die Rundbriefe des Freiheitsbundes deutscher Sozialisten. London 1939–1947, hg. von Harald Lützenkirchen, Fürth 1991.

rend einer Ehrung des Autors am 5. August 2010 anlässlich seines 125. Geburtstags ertönte eine solche in Hamburg. In der Staats- und Universitätsbibliothek „Carl von Ossietzky" maß die Wissenschaftssenatorin Herlind Gundelach in einer öffentlichen Rede der „Weltbühne" die Schuld am Untergang der Weimarer Republik zu. Dies anlässlich einer Ehrung für Kurt Hiller, in einem Gebäude, das auf den Namen Carl von Ossietzkys getauft ist! In Wahrheit gilt für die Zeitschrift und ihre Autoren, was Kurt Tucholsky 1929 in seinem grandiosen Essai „Heimat" ausführte, im Namen ihrer aller: „In der Heimatliebe" lassen wir uns „von niemand" „übertreffen"[4] – nur dass die Rechten unter Heimatliebe verstanden (und verstehen), die Heimat zum Waffenlagerplatz umzuwidmen und für allerlei Angriffskriege aufzurüsten, wohingegen die „Weltbühne" gegen die Wiederaufrüstung focht, gegen die Vorbereitung von Angriffskriegen, gegen Kriegspropaganda (wie heute bundesweit die Friedensbewegung).

Hillers Gedankenwelt setzte sich zusammen aus staatspolitischen Erwägungen – mit der Vernunftherrschaft oder „Logokratie" im Zentrum –, aus philosophischen Reflexionen und ästhetischen Grundsätzen. Sie bildete unbeschadet ihrer uneinheitlichen Progenitur das Fundament, auf dem er seinen hartnäckigen Kampf gegen den Faschismus und seine Verbrechen führte. An ihr hatte er eine verlässliche Stütze, als sein Kampf 1933 zum *Überlebens*kampf wurde. Er konnte dabei jederzeit auf Unterstützung von mehreren Seiten zählen. Ihm zu Hilfe eilten: der Jurist Hiller, der die Gewaltverbrechen der Faschisten dekuvrierte und denunzierte; der Ethiker Hiller, der das faschistische Barbarentum verwarf, das sämtliche seit der Antike entwickelten ethischen Grundsätze über Bord gehen ließ; der Pazifist Hiller, der unlängst gerade den Kellogg-Briand-Pakt propagiert hatte und jetzt den faschistischen Angriffskrieg verurteilte. Verwarf er aber nicht, darin den Nazis gleich, die Demokratie? Er gehörte wie andere Autoren seiner Generation, z. B. Leonard Nelson, zum Lager der Kritiker der Demokratie, griff jedoch von ihren „Seiten" nur „ihre egalitär-majoritäre" an, „das Kernvorurteil unserer Zeit", niemals „die humane, freiheitliche und ‚Diskussions'seite der Demokratie" (K 50). Die zuletzt genannten demokratischen Prinzipien zu verteidigen, war für ihn ein weiteres Motiv seines Ankämpfens gegen den NS.

Bereits 1925 bezeichnete er es als „unsre Aufgabe", Sozialisten, Kommunisten und die kleineren Gruppen dazwischen „zu einer roten Einheit zu ballen" (K 27). 1931 versuchte er, „als Brücke zwischen Kommunisten und Sozialdemokraten einen Bündebund (ein Kartell) revolutionär-sozialistischer Gruppen zu gründen, also eine Union jener hässlich und überheblich als ‚Splittergruppen' verspotteten kleinen Organisationen, die es außer den beiden Großparteien links gab". Den Boden dafür bereitete er durch seine Argumentation in dem Artikel „Sozialistenbund" in der „Weltbühne". Die GRP lud zu einer Konferenz ins Café Adler

---

4 Zwischen gestern und morgen. Eine Auswahl (...), o.O. 1959, S. 200.

am Dönhoffplatz ein, wo die Union beschlossen werden sollte, und bat acht andere Gruppen dazu. Sieben erschienen. Nach einer vierstündigen Sitzung gingen alle, die Mitglieder der einladenden Gruppe und ihre Gäste, auseinander, ohne ein Ergebnis erzielt zu haben. Fehlschläge, wohin man sah. Von den damaligen Regierungen nicht „auch nur die leisesten Ansätze zur Überwindung der stetig anwachsenden Erwerbslosigkeit". Alles in allem, resümiert Hiller in seiner Autobiographie, ein „Überufern der politischen Unfähigkeit und Dummheit in Deutschland" wie seit dem Dreißigjährigen Krieg nicht mehr (L 222 f.).

Schon sein revolutionärer Pazifismus hätte für die Verfolgung Hillers durch das NS-Regime ausgereicht, und es gab mehr Gründe als diesen: außerdem Sozialist, Jude, Sexualreformer, Homosexueller. Und es gab Anlässe.

Der ersten Verhaftung am 23. März 1933 waren Ereignisse vorangegangen: Am 7. März das vorerst letzte Erscheinen der „Weltbühne". Am Mittag desselben Tages: Verbot der Zeitschrift. In der Ausgabe vom 7. März stand als grundlegende Erörterung Hillers Beitrag „Heroismus und Pazifismus", worin die Faschisten einen Angriff auf ihre Heroismus-Auffassung erblicken mussten. Welchen Stellenwert sie dieser aber beimaßen, ersieht man aus Hitlers Rede zum Ermächtigungsgesetz, worin ein Passus als Antwort auf Hillers Attacke gelesen werden kann: „Der Heroismus erhebt sich leidenschaftlich als kommender Gestalter und Führer der Völkerschicksale." Am Abend desselben Tages brach die SS in Hillers Wohnung in Berlin-Friedenau, Hähnelstraße, ein und verwüstete sie (Verlust wertvoller literarischer Materialien, Briefschaften, Autographen usw.). Als Vorsichtsmaßregel: am 10. März Reise nach Frankfurt/Main. – Dort – wohl aufgrund einer Denunziation – Verhaftung am 23. März. Jedoch Entlassung nach fünf Tagen am 28. März, Ursache vermutlich: Streit um Kompetenz zwischen unterschiedlichen Reichs-, Landes- oder lokalen Behörden. Rückreise nach Berlin. Es folgte die Periode der Qual in vier Folterhöllen der Faschisten.

In der Prager und Londoner Emigration setzt er unbeirrt seine Bestrebungen fort, seiner Lehre zur Wirksamkeit zu verhelfen, wobei nun der antifaschistische Impetus und der soziale stärker akzentuiert erscheinen. Im Exil fortgesetzt werden von ihm die organisatorischen Bemühungen, seine Gesinnungsfreunde in Bünden zusammenzuschließen, wie z. B. im „Freiheitsbund deutscher Sozialisten", der seine politischen Vorschläge und Konzeptionen in „Rundbriefen" verbreitet (London, 1939–1947). So heißt es im Rundbrief zum 30. Januar 1943:

ROTE EINHEIT! stand auf der Fahne der freiheitlichen Sozialisten, die sich 1926 als linke Flügelgruppe der deutschen Friedensbewegung zusammenschlossen, und an dieser Losung hat sich in siebzehn Jahren nichts geändert. Auch daran nichts, daß unser Sozialismus kein bloß wirtschafts-ethischer und wirtschafts-technischer Gedanke (Kollektivismus), sondern ein tieferes und umfassenderes Prinzip ist, die ordnende Idee einer neuen Kultur, die versucht, die ewigen Gebote der Religion aus der Sternenhöhe der Transzendenz zu holen, um sie drunten im Diesseits der Gesellschaft zu verwirklichen. ... So muß die Hauptaufgabe einer deutschen sozialistischen Partei der Zukunft die unermüdliche Arbeit für den dauernden Völkerfrieden sein [...]" (Rb 21 f.)

In der Spanne vom 2. Weltkrieg bis 1972, seinem Todesjahr, konnte er – besonders nach seiner Remigration 1955 – ein drittes Mal, obwohl nicht mit derselben Effektivität wie in der letzten Kaiser- und ganzen Weimarzeit, so doch in doppelter Weise Wirkung ausüben: als kritischer Inspirator von Teilen der politischen Opposition in der Adenauer-Ära sowie als Geschichtsschreiber seines eigenen Lebens mit dem Akzent auf seiner Tätigkeit in der Literatur seiner Epoche.

Zwischen Mühsam und Hiller gab es einstmals eine Wohngemeinschaft unter Umständen, an die keiner von beiden zuvor jemals hatte denken können, geschweige wollen. Vom 14. Oktober 1933 bis zum 2. Februar 1934 war Hiller, wie es in seiner Lebensgeschichte heißt, als „Schutzhäftling" Mühsams „Kamerad" im Zuchthaus Brandenburg. Am 2. Februar 1934 kamen beide „als Bestandteil eines Transports von etwa hundert Mann" nach Oranienburg ins Konzentrationslager. „Im Schlafraum der ‚sechsten Kompagnie' ... lagen unsere Strohsäcke nur durch zwei andre getrennt." (K 309 f.) So bestand eine unfreiwillige physische Nähe, die keiner von beiden aus eigenem Antrieb gesucht hätte. Zwei Zeitgenossen, zwei radikale Revolutionäre, zwei Antifaschisten, deren *geistige und intellektuelle Annäherung* sich stets verboten hatte, Ursache: die gänzlich unterschiedliche philosophische Grundlegung ihrer jeweiligen Gedankenwelt.

Der Nachkommenschaft sind vier Dokumente überliefert, die wie Momentaufnahmen Aufschluss geben über temporäre Zwischenfälle und Vorkommnisse in der merkwürdigen Beziehung der beiden Streiter. Es sind:

- 2 Texte Mühsams aus dem Jahr 1912, in denen er die von Hiller herausgegebene Anthologie expressionistischer Lyrik, betitelt „Der Kondor", übrigens die erste ihrer Art (vor Pinthus und Gottfried Benn) kritisiert;
- 2 Texte Hillers aus den Jahren 1934 und 1948, von denen der erste eine Analyse des NS-Verbrechens der Verfolgung und Ermordung Mühsams gibt, der zweite eine geistesgeschichtlich-soziologische Richtigstellung mit Charakterisierung des antifaschistischen Kämpfers Mühsam.

1912 kritisiert Mühsam die Anthologie in einer gut sechs Seiten langen Besprechung unter der Überschrift: „Die Rigorosen", Untertitel: „Ein Manifest des lyrischen Nachwuchses" (2,93–99). Hiller widersprach dem Rezensenten in einem Punkt und verlangte die Veröffentlichung einer Berichtigung. Darüber nun schreibt Mühsam eine Glosse, in die er den Text Hillers (die Berichtigung) einfügt: „Herr Hiller berichtigt" (2,99 ff.).

Aus der umfassenden Besprechung der Lyrik-Anthologie lassen sich drei wesentliche Mitteilungen herausheben: Mühsams Gesamtbewertung, die detaillierte

Bewertung einzelner Beiträger und ihrer Gedichte, Mühsams Lyrikkonzept. Hinzu kommen tadelnde Bemerkungen über den Stil des Herausgebers. Die Gesamtbewertung ist eindeutig abfällig: es sei leicht, die meisten Texte „im Ramsch zu erledigen". Ausgehend von der Behauptung, Hillers „Lyrik taugt nicht allzu viel", schließt Mühsam an mit der Pauschalierung, „daß die ‚Strophen' der andern Herren, die er neu in die Weltliteratur einführt, meistenteils nicht besser sind als seine". Fast den gesamten Inhalt des „Kondors" betrachtet er als „Kitsch", versteht ihn als „gereimte Prosa, wie sie uns hier als ‚fortgeschrittene Lyrik' aufgetischt wird". Vom Verdikt nimmt er ein paar Schreibende aus: Franz Werfel, Georg Heym, Ferdinand Hardekopf und Else Lasker-Schüler, dazu noch Paul Zech am Rande. Werfel habe „Verse von starker, schöner und oft rührender Empfindung" geschaffen, doch habe Hiller für seine Sammlung keine gute Auswahl daraus getroffen. Auch bei Heym „verleugnet sich niemals eine große ernste Ehrlichkeit des Empfindens". Hardekopf sei unter den „Anregern in diesem Kreise … der fruchtbarste". Jedoch „genialisch" allein Else Lasker-Schüler, was aber lange zuvor schon bekannt gewesen sei. Aus dem Abstand von einem Jahrhundert ist anzumerken, dass Mühsams Beurteilung der einzelnen Dichter nicht standhält (z. B. gehört Ernst Blaß zu den bedeutenden Lyrikern). Und ganz allgemein, dass Mühsam einen Begriff von Lyrik verwendet, für den er nur ein einziges Merkmal nominiert: „Empfindung", eine Konzeption, deren Enge die lyrischen „Jüngst-Berliner" gerade zu überwinden suchten. Mühsam definiert: „Lyrik, scheint mir, ist der persönlichste Ausdruck künstlerischer Empfindung, die denkbar ist." Hiller, der Vormann der jungen Dichter-Generation, war zwar weit davon entfernt, den Wert der Empfindung im lyrischen Schaffen zu verkennen, postulierte jedoch die Einbeziehung aller Möglichkeiten der Moderne, der Ekstasen des Intellekts, des Großstadterlebnisses, der Dekadenz, mit Verwendung auch des Fremdwortschatzes.

Bei der von Hiller eingereichten Berichtigung handelt es sich darum, dass Mühsam, wie es in seiner Rezension heißt, in Hillers Vorwort eine Herabsetzung Stefan Georges gefunden haben will: „Er erwürgt nämlich mit viel Vokabelschwall die Kunst Stefan Georges […]" Hiergegen erhob Hiller zu Recht Einspruch, ist in dem beanstandeten Text doch an keiner Stelle etwas Derartiges zu lesen. Vielmehr war er stets ein Bewunderer der Verskunst Georges. Mühsam leitete seinen eigenen Fehlgriff davon ab, dass Hiller es in seinem Text an „Deutlichkeit des Ausdrucks" hätte mangeln lassen.

Hillers Texte sind: „Erich Mühsam und sein Mörder" sowie „Ein offenes Wort an Professor Paul Honigsheim".

Der erste Text (K 309–318), welchen Hiller später (1937) geringfügig redigierte, erschien zuerst am 11. Oktober 1934 in der „Neuen Weltbühne" in Prag, hier unter dem Titel „Erich Mühsams Tod", nur neun Tage nach Ankunft des Emigranten in der Hauptstadt der Tschechoslowakei. In ihm enthüllte er „eines der frühesten, ordinärsten, feigsten Kapitalverbrechen der in Deutschland ausgebrochenen Gesindelherrschaft". Der Artikel wurde leicht gekürzt in London in der Zeitschrift „New Statesman and Nation" nachgedruckt (L 303). Die Einzelheiten, die der Verfasser vorträgt, sind grauenhaft, und die Lektüre wird heute alle Leserinnen und Leser beeindrucken, die sich ein Gefühl für Menschlichkeit bewahrt haben. Hier nur zwei Anmerkungen, die Hillers Grundhaltung in seinem Text verdeutlichen.

Erstens. Es zeichnet diesen Autor aus, dass er ihrer beider lang anhaltende ursprüngliche Gegnerschaft nicht verschweigt. Er schreibt:

> Über Erich Mühsam möchte ich vorausschicken, daß ich sein Gegner gewesen bin. Ihn ehrte der Impetus und die Begabung des Hasses, mit der er für Gequälte eintrat; aber als Theoretiker verfocht er den Anarchismus – es gibt nichts gleichermaßen Unerträgliches für mein Denken. Auch differierten wir, vom Instinkt her, in aller künstlerischen und kunstpolitischen Stellungnahme.

Privat, ergänzt er, hegte er eine „klare Aversion" gegen Mühsam, wie ebenso, sagt er aus, dieser gegen ihn. Die gemeinsame Haft schuf hier eine Änderung, zumindest auf Hillers Seite:

> Meine Abneigung verblich, ja schwand, als ich im ausrangierten alten Zuchthaus zu Brandenburg [...] erleben mußte, wie dieser schwerhörige ältere Mann mißhandelt wurde. Ich werde nie den Anblick vergessen, den er bot, als er fahl über einen dieser Zuchthaushöfe wankte, ein Ohr durch Schläge zu einer dicken, unförmigen Masse aufgeschwollen, zu einer Fleisch-Halbkugel geklumpt. (K 309)

Zweitens. Hiller charakterisiert die „Mordtat" an Mühsam, deren Hergang er analysiert, mit Empörung, und seine Empörung sollte man, indem man sie teilt, ebenso wie das Verbrechen in der Erinnerung bewahren – *auf*bewahren für immer, um sie, aktuelle Verbrechen der Neofaschisten vor Augen, darauf zu erstrecken ... eine Empörung, die endlich einmal die Massen, auch in Deutschland, ergreifen und erfüllen sollte. Hiller bewertet die Mordtat der damaligen Faschisten:

> Sie bleibt darum doch eine der feigsten, niederträchtigsten, widerlichsten, verächtlichsten, von denen wir wissen. Jeder saubere Mensch, ob Deutscher oder Nichtdeutscher, ob Freund oder Gegner des Ermordeten, hat vor dem Tribunal der Welt Anklage zu erheben gegen den SS-Brigadeführer Eicke, gegen die Helfershelfer dieses Geschöpfs und gegen eine Regierung, die solche Bestien deckt, ja ermutigt, – besonders durch das Beispiel, das sie selber ihnen gibt." (K 315)

In seinem „offenen Wort" von 1948 (K 319–322) apostrophiert Hiller den Professor Honigsheim: dieser erwähne „unter den vielen ideologischen Strömungen und Gruppen, die als Ganzes zum Wilhelminismus die Opposition bildeten, mit Recht auch den Anarchismus, und Sie beschreiben ihn, soziologisch, als ‚eine belanglose Armee von Offizieren ohne Soldaten, insbesondere von ästhetisierenden Kaffeehausliteraten'". Dagegen erhebt Hiller dreifachen Widerspruch, mit Gründen, von denen der dritte entscheidend sei.

Erstens. Gegen einen Ismus besage der Umstand nichts, „daß er nur ‚Offiziere‘, doch keine ‚Soldaten‘ hat". So habe einstmals sogar das Christentum angefangen.

Zweitens. Habe in Deutschland im Vergleich zu Spanien der Anarchismus vielleicht quantitativ weniger bedeutsam gewirkt, so treffe dies unter dem Qualitätsaspekt keineswegs zu, da sei er „keineswegs belanglos" gewesen. Und er belegt seine Aussage mit den Persönlichkeiten Gustav Landauers (1870–1919) und Erich Mühsams. Wiederum stellt Hiller sich mit der Erwähnung dieser beiden das Zeugnis großer Anständigkeit aus. War es doch Landauer, der den Kern der staatspolitischen Konzeption Hillers vehement angegriffen hatte. Dieser drang darauf, die Logokratie – oder auch: Aristokratie des Geistes – in der Verfassung des Reichs zu verankern; neben die Volksversammlung sollte ein deutsches „Herrenhaus" treten. Landauer antwortete darauf, es wäre dies „ein Herrenhaus, das sich den Namen Tollhaus bald und billig verdient hätte".[5] Doch Hillers Wertschätzung blieb ihm erhalten. Über Mühsam schreibt Hiller, dass diesem mit dem Terminus „belanglos" ebenfalls Unrecht widerfahre, „denn er hatte Feuer, hatte Talent, hatte durch beides einen gewissen Einfluß, bis hinein in linksbürgerliche Schichten".

Drittens. Der Ausdruck „ästhetisierende Kaffeehausliteraten" sei eine „tolle Ungerechtigkeit". „Mir gefällt es, das wiener, prager, zürcher, berliner, pariser Kaffeehaus ... und ich halte den ‚Kaffeehausliteraten‘ für ein ebenso irreales Gespenst wie den ‚Professor‘ – sintemalen es lächerliche Professoren und verehrungswürdige (und mittlere), lächerliche Kaffeehauslitteraten und grandiose (und wiederum mittlere) gibt." Die Wortführer des Anarchismus seien niemals „ästhetisierende Kaffeehausliteraten" gewesen. „Es waren ethosbedingte, sozialkämpferische Naturen. Mühsam ein ausgesprochener Rebell (nicht zu großen Kalibers zwar), Landauer sogar im Rahmen der geistigen Gesamtbewegung einer der Gründer des deutschen Aktivismus." Beide, „schärfste Antipoden der Ästhetisiererei", seien „von der nationalistischen Reaktion gefangengesetzt und ermordet worden. Es wäre kaum geschehen, hätte es sich um ästhetisierende Litteraten gehandelt. Der Klüngel der Vor-Nazis 1919 und das Meuchelpack der SS von 1934 würde diese beiden Männer nicht umgebracht haben, hätte man in ihnen ästhetisierende Litteraten gesehen. Man sah in ihnen *ethisierende* Litteraten, und dies zutreffendermaßen."

---

5 Gustav Landauer, Der werdende Mensch. Aufsätze über Leben und Schrifttum, Potsdam 1921, S. 358

Jenny Williams

Sich fügen heißt lügen?

Gegensätzliches und Gemeinsames im Leben von Erich Mühsam und Hans Fallada

In diesem Aufsatz gehe ich den Parallelen und Gegensätzen in den Biographien von Erich Mühsam und Hans Fallada nach und wage die Behauptung, dass Sich-Fügen und Lügen auch die Möglichkeit des Widerstandes einschließen können.

Auf den ersten Blick haben Erich Mühsam und Hans Fallada, der mit bürgerlichem Namen Rudolf Ditzen hieß, recht wenig gemeinsam. In gewisser Hinsicht könnte man sie als Gegenpole betrachten: Mühsam hat sich nicht gefügt und ist unter schrecklichen Bedingungen im KZ umgebracht worden. Ditzen hat sich gefügt: 1938 unter Druck von Joseph Goebbels hat er den Schluss des Romans *Der eiserne Gustav* umgeschrieben. Er hat zwar anfänglich den Auftrag von Goebbels abgelehnt, aber:

> [die] Antwort des Ministers war kurz und klar, an ihr gab es kein Drehen und Deuteln: wenn Fall[ada] heute noch nicht weiß, wie er zur Partei steht, so weiß die Partei[, wie sie] zu Fa[llada] steht!
>
> Ich liebe nicht die hohe Geste vor Tyrannenthronen, mich sinnlos, niemandem zum Nutzen, meinen Kindern zum Schaden abschlachten zu lassen, das liegt mir nicht; nach drei Minuten Überlegung nahm ich den Zusatz-Auftrag an. (2. Oktober 1944.)[1]

Eine solche Haltung den Nationalsozialisten gegenüber wäre Erich Mühsam ganz fremd gewesen. Und doch – bei näherem Hinsehen – haben diese beiden Schriftsteller, Erich Mühsam und Hans Fallada, schon einiges gemeinsam.

Erstens lehnten sich beide schon in jungen Jahren gegen den autoritären wilhelminischen Staat auf. Beide kamen in der Schule nicht klar:

> unverständige Lehrer, niemand, der die Besonderheiten des Kindes erkannt hätte, infolgedessen: Widerspenstigkeit, Faulheit, Beschäftigung mit fremden Dingen. Frühzeitige Dichtversuche, die weder in der Schule noch im Elternhaus Förderung finden ...[2].

Diese Beschreibung Mühsams von seiner Jugend in Lübeck hätte auch Rudolf Ditzen über seine Jugend in Berlin und Leipzig schreiben können.

1 Hans Fallada, *In meinem fremden Land. Gefängnistagebuch 1944.* Hrsg. von Jenny Williams und Sabine Lange, Berlin: Aufbau-Verlag, 2009.
2 Erich Mühsam, „Selbstbiographie" in: Erich Mühsam, *Sich fügen heißt lügen. Ein Lesebuch.* Hrsg. von Marlies Fritzen, Göttingen: Steidl, 2009, 6–7.

Beide mussten auch die Schule wechseln: allerdings aus ganz unterschiedlichen Gründen. Die Auflehnung Mühsams drückte sich in der Veröffentlichung einer politischen Satire aus; Ditzen schrieb obszöne Briefe und machte mehrere Selbstmordversuche. Zwei ganz entgegengesetzte Formen der Auflehnung – der eine (Mühsam) in aller Öffentlichkeit, der andere (Ditzen) in aller Stille, der eine nach außen, der andere nach innen – diese Formen der Auflehnung wurden dann für beide Autoren für viele Jahre prägend. Im Falle von Rudolf Ditzen aber nicht fürs ganze Leben. Denn 1945 hält Ditzen, mit 51 Jahren, politische Reden zum ersten Mal. Ende der zwanziger Jahre war er auch kurz Mitglied der Sozialdemokratischen Partei gewesen.

Die in Mühsams Selbstbiographie genannten „frühzeitigen Dichtversuche" weisen auf eine zweite Gemeinsamkeit hin: der Wunsch, schon in den Kindesjahren Schriftsteller zu werden. Anders als Mühsam fand Ditzen kaum Kontakt zu zeitgenössischen Autoren. Erst 1930, als er eine Anstellung im Rowohlt-Verlag antrat, kam er mit anderen Autoren wie Kurt Tucholsky, Emil Ludwig und Joachim Ringelnatz regelmäßig in Kontakt.

Sowohl Mühsam als auch Ditzen zeichneten sich durch ihr Engagement für die Menschlichkeit aus. 1911 gründete Mühsam die Zeitschrift *Kain*, die er als *Zeitschrift für Menschlichkeit* bezeichnete. Ein Jahr später in einem Aufsatz über französische Literatur zitiert Ditzen zustimmend die Parteinahme Romain Rollands für universelle humanistische Werte: *les braves gens de tous les pays se ressemblent. Je me trouve chez moi partout en Europe.* (Die anständigen Menschen in der ganzen Welt sind einander ähnlich. Ich fühle mich überall in Europa zu Hause.)[3] Beide Autoren kämpften in den Jahren vor dem ersten Weltkrieg gegen Chauvinismus und für Menschlichkeit. Bei Ditzen entwickelte sich der Gedanke der *braves gens/der anständigen Menschen* im Laufe der zwanziger Jahre zu einem Credo der „Anständigkeit", das ein gleichbleibendes Motiv seines späteren Werks werden sollte. Diese Menschlichkeit drückte sich sowohl bei Mühsam als auch bei Ditzen in einem tiefen Mitleid mit den sozial Benachteiligten aus.

In der Ausgabe von *Kain* vom 18. November 1918 erscheint ein Aufsatz „Krieg – Revolution – Friede", in dem Mühsam schreibt:

> Jeder Tote, der im verwüsteten Boden Frankreichs und Belgiens, Polens und Russlands, [...] der am Grunde des Meeres oder als unmittelbares Opfer des Weltverbrechens in den Friedhöfen der ganzen Welt fault, hat Anspruch darauf, mit seinem stillen Schrei nach ewigem Frieden, nach ewiger Weltversöhnung gehört und geachtet zu werden.[4]

---

3 Rudolf Ditzen, „Deutschland in der heutigen französischen Litteratur", 1912. Hans-Fallada-Archiv Carwitz/Neubrandenburg.
4 Erich Mühsam, „Krieg-Revolution-Friede", *Kain*, 18.11.1918. In Fritzen (hrsg.), 151–152.

Im November 1918 hätte Rudolf Ditzen diese Ansicht zweifellos geteilt, denn zu den Toten des ersten Weltkrieges gehörte Uli Ditzen, sein junger Bruder, der am 12. August 1918 im Alter von 21 Jahren in Frankreich gefallen war. Dieser Tod hatte eine verheerende Wirkung auf Rudolf Ditzen: in den Monaten darauf fing er an, Morphium zu spritzen. Im Januar 1919 unternahm er erneut einen Selbstmordversuch und erst gegen Ende der zwanziger Jahre konnte er sich von der Morphium- und auch Alkoholsucht befreien.

Eine weitere Gemeinsamkeit war das Schreiben hinter Gittern. Beide Autoren kamen ins Gefängnis und beide schrieben in der Zelle. In Niederschönenfeld schrieb Mühsam zwischen 1920 und 1923 Gedichte (*Brennende Erde. Verse eines Kämpfers,* 1920), politische Schriften und ein Theaterstück (*Judas,* 1920: Uraufführung 1921). Im Greifswalder Gefängnis schrieb Ditzen 1924 eine längere Erzählung und führte Tagebuch; von 1926 bis 1928 verbüßte Ditzen eine Strafe in Neumünster, wo er kritische Artikel über das Gefängnisleben und, vor allem, die Entlassenenfürsorge verfasste; 1933 schrieb er im Amtsgerichtsgefängnis in Fürstenwalde an seinem Roman *Wer einmal aus dem Blechnapf frisst.* Schreiben in der Zelle war für beide Autoren eine Überlebensstrategie.

Mühsam und auch Ditzen gehörten zu den vielen Nicht-Nazis, die 1933 von der SA verhaftet und unter Schutzhaft gestellt wurden. Ditzen kam dank seinem Verleger und dessen Beziehungen zu einem NS-Anwalt nach 12 Tagen frei; Mühsam ist bekanntlich nach 17 Monaten im KZ Oranienburg umgebracht worden.

Mühsam und Ditzen/Fallada: zwei Bürgersöhne, die die Welt der Väter ablehnen und den eigenen Weg in stürmischen Zeiten suchen.

Falladas Weg führt über Selbstmordversuche, Rauschgift, Alkoholismus und Beschaffungskriminalität zum Bestsellerautor und Familienvater. 1933 zieht er sich mit seiner Familie auf einen kleinen Bauernhof in dem abgelegenen mecklenburgischen Dorf Carwitz zurück, in der Hoffnung, dort die stürmische Zeit zu überleben. Seine Bücher werden heftig kritisiert, er wird 1935 kurz zum unerwünschten Autor erklärt, er schreibt Kindergeschichten, macht Übersetzungen und verfasst Drehbücher. Er gibt Englischunterricht in der Familie, er versucht, den Bauernhof zu verkaufen, macht Pläne, Deutschland zu verlassen; er findet aber keinen Käufer – und bleibt doch in Deutschland. 1938 gerät er mit Goebbels in Konflikt und schreibt den Schluss von *Der eiserne Gustav* neu. 1938 hat er noch die Möglichkeit, nach England auszuwandern; er entscheidet sich aber im letzten Augenblick – die Koffer stehen alle gepackt – dass er einfach nicht aus Deutschland weg kann. Er bleibt – und zahlt einen hohen Preis dafür. Bleiben hieß: sich fügen. Bis September 1944. Dann in der geschlossenen Landesanstalt Neustrelitz-Strelitz, *einer Strafanstalt mit Krankenhauscharakter*[5], geht er

---

5 Christiane Witzke, *Domjüch. Erinnerungen an eine Heil- und Pflegeanstalt in Mecklenburg-Strelitz,* Neubrandenburg: federchen, 2001, 67–68.

auf Kollisionskurs mit den braunen Machthabern und schreibt seine Erinnerungen an die Nazizeit:

> [...] unter der Drohung des Stranges im festen Hause in Strelitz, in dem mich die Güte des Oberstaatsanwaltes als „gemeingefährlichen Geisteskranken" untergebracht hat, im September 1944. Alle zehn Minuten etwa kommt ein Wachmeister in meine Zelle, sieht neugierig auf mein Gekritzel und fragt mich, was ich schreibe? Ich sage: „Eine Geschichte für Kinder" und schreibe weiter. Ich verscheuche jeden Gedanken an das, was aus mir wird, wenn jemand diese Zeilen liest. Ich muß sie schreiben. Ich ahne das nahe Ende des Krieges, und vorher noch will ich niedergeschrieben haben, was ich erlebte: nach dem Kriege werden's Hunderte tun. Nein, lieber jetzt – wenn auch unter Lebensgefahr. (24. September 1944)

Gerade hier, an dem denkbar ungünstigsten Ort, leistet Fallada Widerstand. Er versteht sich durchaus als eine repräsentative Figur; er schreibt:

> Ich habe nicht mitten im Tagesgeschehen gestanden, ich war nicht der vertraute Freund von Ministern und Generälen, ich habe keine grossen Enthüllungen zu machen. Ich habe das Leben wie alle gelebt, das Leben der kleinen Leute, der Masse. Und unser Leben hat, soweit wir keine Parteimitglieder waren, im Dritten Reich eben aus Streitereien bestanden, aus lauter kleinen Kämpfen, die wir durchfechten mussten, um unser Dasein zu erhalten. (5. Oktober 1944)

Darin liegt ja zum Teil die Bedeutung dieser Erinnerungen, denn sie geben einen einmaligen Einblick in den Alltag, vor allem auf dem Lande, in den Jahren der nationalsozialistischen Herrschaft. Aus diesem Grunde sind Falladas Erinnerungen ein wichtiges Zeitdokument. Auch Sebastian Haffner betont in seinen Memoiren den wichtigen Beitrag, den Zeitzeugen zur Geschichtsschreibung leisten, er habe *mit der zufälligen und privaten Geschichte meiner zufälligen und privaten Person ein wichtiges, unerzähltes Stück deutscher und europäischer Geschichte geschrieben.*[6]

Aber inwiefern hat Fallada das Leben *wie alle gelebt*? War Falladas Leben wirklich typisch? In gewisser Hinsicht muss man ihm Recht geben.

Bei einem Gespräch in den achtziger Jahren mit der ersten Frau von Hans Fallada, Anna Ditzen, habe ich sie gefragt, wie es denn Anfang der 30er Jahre eigentlich war, wie hätten sie und ihr Mann die Nazis damals eingeschätzt. Und sie hat ganz offen erzählt, sie hätten gedacht, die Nazis würden für Ordnung sorgen und dann würde alles wieder normal werden. Diese Einstellung bestätigt Ditzen in dem Gefängnistagebuch:

> Wir hatten in unseren deutschnationalen oder demokratischen oder sozialdemokratischen oder gar kommunistischen Gazetten doch schon einiges von der Brutalität gelesen, mit der diese Herren ihre Absichten zu verwirklichen pflegten, und

---

6 Sebastian Haffner, *Geschichten eines Deutschen. Die Erinnerungen 1914–1933.* Stuttgart: Deutsche Verlagsanstalt, 2000, 170.

doch dachten wir: „Es wird so schlimm schon nicht werden! Jetzt, wo sie an der Macht sind, werden sie schon merken, welch Abstand zwischen einem Parteiprogramm und seiner Verwirklichung liegt! Sie werden auch einen Pflock zurückstecken – wie alle. Sie werden sogar viele Pflöcke zurückstecken!" Von der Sturheit dieser Leute, von ihrer unmenschlichen Härte, die wortwörtlich vor Leichen, vor Bergen von Leichen nicht zurückschreckte, machten wir uns noch nicht den geringsten Begriff. (24. September 1944)

Haffner berichtet in seinen Erinnerungen von einer ähnlichen Ahnungslosigkeit:

Dass die Nazis Feinde seien – Feinde für mich und für alles, was mir teuer war – darüber täuschte ich mich keinen Augenblick. Worüber ich mich freilich täuschte, war, wie furchtbare Feinde sie sein würden. (S. 110)

Das menschliche Unvermögen, sich die Grauenhaftigkeit des neuen Regimes vorzustellen, war 1933 wohl weit verbreitet. Dörner führt *die Beispiellosigkeit der Tat* als ein wichtiger Faktor in der verzögerten Wahrnehmung der NS-Verbrechen auf.[7] Tatsächlich war der Massenmord an Andersdenkenden, dem Mühsam zum Opfer fiel, ohne Vorbild in der europäischen Geschichte.

Ditzens Hass auf die Nazis ist unverkennbar: er nennt sie „derb", „brutal", „primitiv". Er kritisiert insbesondere ihre Unmenschlichkeit. Am 28. September 1944 schreibt er, die NS-Führung habe *immer nur auf das Schlechte im Menschen* spekuliert. Und am nächsten Tag:

Für Menschlichkeit hat eine n[ationalsozialistische] Stelle noch nie etwas über gehabt. (29. September 1944)

Seine Kritik bleibt aber auf emotionaler Basis. Er macht sich manchmal sogar lustig über die Nazi-Großen: sein Geschichtsverständnis beruht auf einzelnen Personen und Persönlichkeiten: Hitler, Goebbels, Goering. Hier ist kein Analytiker am Werk, sondern einer, der gelitten hat und der sein Leid loswerden will, indem er es niederschreibt.

In den Erinnerungen findet man deshalb kein logisch aufgebautes Argument, keine philosophischen Konzepte, kein selbstbewusstes Reflektieren. Stattdessen Hass und Trauer, Selbstmitleid und Selbstanklage, Einsicht und Blindheit. Ein Beispiel dafür liefert seine widersprüchliche Einstellung zu seinen Landsleuten, den Deutschen, zu denen er ja selber gehört. Einerseits schreibt er, als ob er kein Deutscher wäre:

So treu, so geduldig, so standhaft dieses Volk – und so leicht zu verführen! Weil es so gläubig ist – jedem Scharlatan glaubt es. (24. September 1944)

---

7 Bernward Dörner, *Die Deutschen und der Holocaust. Was niemand wissen wollte, aber jeder wissen konnte.* Berlin: Propyläen-Verlag, 2007, 33–93.

54

Andererseits rechtfertigt er, sogar in demselben Absatz, sein Bleiben in Deutschland mit dem Argument:

> […] ich bin ein Deutscher, ich sage es heute noch mit Stolz und Trauer, ich liebe Deutschland, ich möchte nirgendwo auf der Welt leben und arbeiten als in Deutschland. (24. September 1944)

Er ist gleichzeitig Deutscher und distanziert sich von den Deutschen. Diese widersprüchliche Einstellung war im Herbst 1944 in Deutschland, als man mit dem Ausmaß der Katastrophe konfrontiert wurde, wohl ziemlich verbreitet.

Ditzen hat sich immer als „unpolitisch" bezeichnet; im Gefängnistagebuch behauptet er mehrmals: *ich bin überhaupt ganz unpolitisch* oder *wir sind ganz unpolitische Leute*. Dabei scheint er sich überhaupt nicht bewusst zu sein, dass die Behauptung, unpolitisch zu sein, eine stark politische Aussage ist. Das Gefängnistagebuch dokumentiert die Unfähigkeit eines „Unpolitischen", die Gesellschaft, in der er lebt, zu verstehen – geschweige denn zu analysieren. Deshalb ist Ditzens Einstellung zu seiner Umwelt im Großen und Ganzen impulsiv und gefühlsbetont.

Diesen Aspekt hob Johannes R. Becher in der Rede hervor, die er am Grabe Hans Falladas im Februar 1947 in Berlin hielt:

> Fallada war als Dichter kein Denker. Kaum nachdenklich war er. Er war immer vollauf beschäftigt mit der Fülle der ihn bedrängenden Figuren.[8]

Und in seinen Erinnerungen ist ein großer Erzähler am Werk, der gut und gerne Geschichten erzählt. In diesem Text ist er auch *mit der Fülle der ihn bedrängenden Figuren* beschäftigt. Die Erinnerungen sind als eine Reihe von Geschichten aufgebaut: Geschichten über eigene und fremde Erlebnisse. Dazwischen sind so genannte *Sonderblätter*, in denen er sich Gedanken über die eigene Situation macht, und vor allem darüber, wie er das Manuskript aus der Anstalt herausschmuggeln könnte. Am 30. September schreibt er:

> Ich besitze kein abschließbares Fach. Alles liegt jedem Zugriff offen. Ich schreibe in einer mir zugewiesenen Zelle, durch die ständig andere Gefangene laufen, Wachtmeister stehen alle Augenblicke bei mir, rauchen eine Zigarette und stellen dumme Fragen nach der Tätigkeit eines Schriftstellers. Sie bewundern meine sehr kleine Schrift, der einzige Schutz, den ich gegen neugierige Nachschnüffler habe. Ich weiß, daß jeder Brief, jede Zeile, die hier geschrieben wird, erst von der Staatsanwaltschaft zensiert werden muß, ehe sie hinausgeht. Ich habe noch nicht die geringste Ahnung, wie ich diese Zensur vermeiden, wie ich das M. S. herausschmuggeln soll.

---

8 Johannes. R. Becher, *Über Hans Fallada*, Berlin: Kinderbuchverlag, ohne Datum.

Beim Erzählen denkt Fallada immer an seine Leser, er spricht sie auch manchmal direkt an. Dieser in einer *Geheimschrift* verfasste Text ist also für die Öffentlichkeit bestimmt.

Auf die Frage, inwieweit Fallada *das Leben wie alle gelebt* hat, muss man antworten: er ist in Deutschland geblieben und hat den Alltag im Faschismus mitgemacht und in dem Sinne hat er *das Leben wie alle gelebt*. Die emotionalen Äußerungen sowie die Widersprüche im Gefängnistagebuch widerspiegeln den Gemütszustand vieler Deutschen, vor allem derjenigen, die sich als „unpolitisch" bezeichnen. Worin er sich aber von den meisten seiner Landsleute unterscheidet, ist sein großes Erzähltalent: das ermöglicht ihm, einen Bericht über den Alltag im nationalsozialistischen Deutschland zu erstatten.

Ich komme auf das Thema „Sich fügen heißt lügen" zurück. Dieser Satz entstammt dem Gedicht „Der Gefangene", das Erich Mühsam 1919 in der Zelle schrieb. Nach der verlorenen Revolution will er seine politischen Grundsätze nochmals betonen und sich weigern, *sich ins Joch zu fügen* – wie es im Gedicht heißt. Für Mühsam, den politisch bewussten Anarchisten, steht jeder vor einer ganz einfachen Wahl: man fügt sich oder man fügt sich nicht. Wenn man sich fügt, dann ist man sich selber nicht treu – man lügt.

Für Fallada war der Weg zu dieser Einsicht lang und schwierig. Anders als Mühsam konnte er sich lange Jahre von den autoritären Grundsätzen seiner Kindheit nicht befreien. Wie schon angedeutet, ging seine Auflehnung nach innen – und drohte sich selber zu zerstören: durch Morphium-, Kokain- und Alkoholmissbrauch. Während der Nazizeit zeugen die immer häufiger werdenden Aufenthalte in Kliniken von der Unfähigkeit Falladas, mit dem Druck und den Zwängen des Lebens im Faschismus zurechtzukommen.

Fallada hat sich bis 1944 gefügt und – er hat auch gelogen. Das heißt aber nicht unbedingt, dass er jedes Mal sich selber untreu war. Im Faschismus stellten sowohl Sich-Fügen als auch Lügen mögliche und zeitweise notwendige Überlebensstrategien dar. Man könnte sogar argumentieren, dass Sich-Fügen und Lügen manchmal zum Widerstand gehörten. Im Falle Falladas kann man an Hand von zwei Beispielen zeigen, wie er durch Sich-Fügen und Lügen Widerstand geleistet hat.

Bei dem ersten Beispiel geht es um Ditzens Plan, die Lebensgeschichte eines Börsenjobbers zu schreiben, natürlich ohne aufdringliche antisemitische Tendenz, etwa einen *modernen Jud Süss*.[9] Im Sommer 1941 beantragte er beim Reichsjustizministerium Zugang zu den Prozessakten Kutisker und Barmat aus dem Jahre 1924/1925. Iwan Kutisker und die Brüder Barmat waren jüdische Geschäftsmänner, die sich in der Zeit der Währungsreform durch Spekulation und

---

9 Brief von Rudolf Ditzen an Elisabeth Ditzen, 22. Juli 1941. Hans-Fallada-Archiv, Carwitz/Neubrandenburg.

Wucher ein Millionenvermögen ergaunert hatten. Dies gelang ihnen nur mit Hilfe von korrupten Beamten und Politikern. Der Skandal führte zu einem Prozess, in dem prominente sozialdemokratische Politiker verwickelt wurden, und der Fall wurde von der Opposition als Beispiel für die Korruption der Sozialdemokraten und der verhassten Weimarer Republik angeführt. Ditzen fing im September 1941 mit der Arbeit an seinem Kutisker-Roman an. Die Arbeit wurde mehrmals unterbrochen, wenn Ditzen andere Aufträge bekam, die Geld einbrachten.

Dann wurde 1943 das Propagandaministerium darauf aufmerksam und Ditzen wurde jede Unterstützung versprochen, wenn er diesem Projekt Vorrang geben würde. Das Propagandaministerium versprach sich dabei, einen antisemitischen Roman von Fallada zu bekommen. Ditzen, hingegen, erzählte seinem ehemaligen Verleger Ernst Rowohlt von

> einem Roman, der nie zu Ende geschrieben werden wird, der aber für einen Vorschuss gut genug ist.[10]

Und so fing ein „Katz-und-Maus-Spiel" an: Ditzen gab vor, an diesem Projekt zu arbeiten, und wurde in Ruhe gelassen. Er hat tatsächlich an einem Kutisker-Roman gearbeitet – nur an keinem antisemitischen. Das Projekt wurde zu einer Art Trumpfkarte. Als er im September 1944 in die geschlossene Landesanstalt eingeliefert wurde, schob er das offiziell gesegnete Kutisker-Projekt vor, um Papier zu bekommen. Was Ditzen dann schrieb, hatte nichts mit dem Kutisker-Roman zu tun. Im Gegenteil: mit dem Roman *Der Trinker* und seinem *Gefängnistagebuch* verfasste er Werke, die gegen die Richtlinien nationalsozialistischer Literaturpolitik schwer verstoßen. Als er dann vor dem Problem stand, sein Gefängnistagebuch aus der Anstalt herauszuschmuggeln, kam ihm das Kutiskerprojekt erneut zu Hilfe: er gab vor, unbedingt nach Hause fahren zu müssen, um sich Materialien zu besorgen, die er für die Fertigstellung des Kutisker-Romans benötigte. Und er bekam die Erlaubnis, einen Tagesausflug nach Carwitz zu machen. Als er am 8. Oktober 1944 mit dem Oberpfleger Holst vor die Anstalt tritt, trägt er unter seinem Hemd das Manuskript, das seine Erinnerungen enthält.

Bei dem zweiten Beispiel handelt es sich um die „lauter kleinen Kämpfe", die man als Nicht-Nazi im Faschismus durchfechten musste. Der Bürgermeister von Carwitz, ein überzeugter Nazi, setzte alles daran, den Ditzens das Leben so unangenehm und schwierig zu machen wie nur möglich. Es kamen regelmäßig Denunziationen und Beschuldigungen: Ditzen hätte Lebensmittelkarten doppelt bezogen, Getreide zu Unrecht verkauft, Kohlenbezugsrechte erschlichen und so weiter und so fort. Einmal waren es acht Anklagepunkte: und in allen acht Fällen wurde das Verfahren gegen Ditzen eingestellt. Nicht weil er etwa unschuldig

---

10 Brief von Rudolf Ditzen an Ernst Rowohlt, 13. Juni 1944. Hans-Fallada-Archiv, Carwitz/Neubrandenburg.

gewesen wäre – nein, schuldig war er in allen Fällen. Das Verfahren ist eingestellt worden, weil nichts zu beweisen war. Ditzen erklärt die Motivation für
seine Verbrechen in dem Gefängnistagebuch:

> Ich fühlte mich schuldlos, die von dieser verbrecherischen Regierung erlassenen
> Gesetze konnten nie auch nur die geringste Verbindlichkeit für mich haben. [...]
> Ich bin sicher kein grosser Soldat im Felde, aber ich kann auch meine Kriege
> führen und meine Schlachten schlagen, auf meine Art! (5. Oktober 1944).

Und so behauptete sich Rudolf Ditzen/Hans Fallada durchs Lügen – ohne sich
zu fügen.

Erst 1944, als er, ein emotionales und physisches Wrack, in eine geschlossene
Landesanstalt eingeliefert wurde, ist es Hans Fallada gelungen – im Sinne von
Erich Mühsam – sich nicht zu fügen. Hier unter Lebensgefahr legt er Zeugnis
ab. Und hier zum ersten Mal könnte auch Fallada Mühsam zustimmen:

> Jetzt haben sie mich einkasernt,
> von Heim und Weib und Werk entfernt.
> Doch ob sie mich erschlügen,
> ... Sich fügen heißt lügen!

Michael Kienecker

„Der freie Geist ist sich eigene Norm"[1]

Künstlerische Individualität versus Kollektivräson bei Peter Hille

> „Über" Peter Hille etwas zu sagen, ist sehr schwer. Am liebsten nähme ich den lieben alten Kerl her, stellte ihn auf den Tisch und sagte: Das ist Peter Hille! – Dann würde jeder wissen, was mit ihm los ist.
>
> Ein Mägdelein wollte einmal von mir eine Definition des Kusses. Ich gab ihm einen, und es wußte genau Bescheid.
>
> Peter Hille also – na, Peter Hille ist Peter Hille. Zum Teufel! Wollt ihr noch mehr wissen?
>
> Was ist Liebe? Liebe ist, wenn man – Ach was! Liebe ist Liebe! Ein Kuß ist ein Kuß! Und Peter Hille ist Peter Hille!

Der das schrieb, war einer der engsten Berliner Freunde Peter Hilles, nämlich Erich Mühsam, und er schrieb dies im Jahr 1904, dem Todesjahr Peter Hilles, im renommierten *Neuen Magazin für Literatur, Kunst und soziales Leben*[2]. Warum dieses etwas launige Zitat am Anfang? Weil es auf schlagende Weise die besondere Eigenart Hilles kennzeichnet: Es verweist auf ein außergewöhnliches Individuum, das sich der Beschreibbarkeit in gängigen Kategorien entzieht, ein Unikum, das man einfach erleben musste: kein angepasster Normalbürger, kein „Dutzendgesicht", wie Hille die bloß Angepassten einmal nannte, kein Parteigänger, kein Konformist, sondern ein origineller Geist, ein Genie gar, ein anarchistischer Individualist, sofern man unter „anarchistisch" ein sich fremden Zwängen und Herrschaftsansprüchen strikt widersetzendes, oktroyierten Regeln und Satzungen verweigerndes Individuum versteht. Hilles extremer Individualismus sperrte sich gegen alle Regeln und Satzungen in Schule, Staat, Kirche und Gesellschaft, die die „Selbstwerdung" und Selbstbestimmung des Individuums behinderten. Individualität und Konformität, Freiheit und Zwang sind die großen Polaritäten im Leben Peter Hilles, die ich in diesem Beitrag nun näher entfalten will.

---

1 Zeile aus dem Gedicht von Peter Hille: Märzfahrt (1898), zit. n.: *Peter Hille. Gesammelte Werke in sechs Bänden*, hrsg. von Friedrich Kienecker, Bd. 1, Essen 1984, S. 138 f.

2 Erich Mühsam, Peter Hille, in: *Das neue Magazin für Literatur, Kunst und soziales Leben* (1904), zit. n.: *Peter Hille. Dokumente und Zeugnisse zu Leben, Werk und Wirkung des Dichters*, hrsg. von Friedrich Kienecker, Paderborn 1986, S. 130.

1. Kindheit und Schulzeit

Am 11. September 1854 wird Hille in Erwitzen bei Höxter geboren. Sein Vater Friedrich Hille ist Lehrer und Rentmeister beim Freiherrn von der Borch in Holzhausen. Er ist nüchtern und zielstrebig, Hilles Mutter dagegen eine zarte und scheue Person:

> Eine Mutter! Meine Mutter? Ja, wo war sie? Was weiß ich von ihr? So ein stiller, scheuer Schatten. Wie sie mir durch's Haar strich, und ich wartete dann, ob nicht was übermünden wollte von ihrer mutterguten Seele auf meine Einsamkeit und früh entbronnen Sehnen. Nie, nie; wie ein eiliger Kairos war es hin, das Lieben.

So schreibt Hille später über seine Mutter.[3] Sicher ähnelt er der Mutter mehr als seinem Vater und entpuppt sich früh als ein schwärmerisches Kind, das mit den strengen Regeln und Exerzitien der preußischen Schule zunehmend in Konflikt gerät: Sind die Grundschuljahre in Holzhausen und die Jahre auf der Selecta in Nieheim noch erfolgreich und beglückend, steigert sich auf dem Warburger Progymnasium und vollends auf dem Gymnasium Paulinum in Münster der Hass auf die geforderte Disziplin und die phantasielose Nüchternheit des Schulstoffes: Der Poesie und der Philosophie verschreibt sich Hille – alle anderen Fächer werden bedeutungslos für ihn. Er gründet mit den Freunden Julius und Heinrich Hart, die er auf dem Paulinum in Münster kennen lernt, einen Schülerbund und eine Zeitschrift mit dem vielsagenden Titel „Satrebil" (das ist die Umkehrung der Buchstabenfolge des lateinischen Wortes „Libertas/Freiheit"). Julius Hart beschreibt rückschauend diese Vereinigung als „wonnevollen Schülerbund für Kunst, Literatur, Freidenkertum und Revolution wider alle Tyrannei"[4].

Der Schülerbund und die Zeitschrift nahmen Einfluss auf andere Schüler; der Historiker Heinrich Finke berichtete später über die literarischen Revolutionäre am Paulinum. Die „Satrebil"-Mitglieder bekundeten in Telegrammen an Wilhelm Liebknecht und Ernst Haeckel ihre Sympathie für das sich formierende Proletariat und die neuen Orientierungen in der Naturwissenschaft. So wachsen die Konflikte Hilles mit der Schulleitung, einzig sein Deutschlehrer Buschmann erkennt Hilles Talent, schreibt aber deprimiert unter einen Aufsatz Hilles:

> Lieber Hille, sie sind der begabteste meiner Schüler. Vielleicht ist ihr Aufsatz der tiefste. Ich verstehe ihn nicht immer. Aber vom Schulstandpunkt aus muß ich „un-

---

3 Alois Vogedes, *Peter Hille. Ein Welt- und Gottestrunkener. Mit unveröffentlichten Arbeiten aus dem Nachlaß des Dichters,* Paderborn 1947, S. 17.
4 Julius Hart, Einleitung zu: *Peter Hille. Gesammelte Werke,* hrsg. von seinen Freunden, Berlin [3]1921, S. 12.

genügend" darunter schreiben. Ich möchte nur weinen über Sie. Sie haben einen schweren, schweren Lebensweg vor sich.[5]

Aber der „Schulstandpunkt" interessiert Hille nicht, er will hinaus ins Leben, wie Julius Hart später in der Einleitung zu Hilles *Gesammelten Werken* notiert:

> Vom Frühesten an fühlte sich auch Peter Hille ganz instinktiv, ganz besonders stark hingezogen zu diesen Originalen auf eigene Faust, […] und er gehört zu ihnen, zu den Zigeunern und zu dem fahrenden Volk der Literatur, – jenseits der bürgerlichen Weltordnung, jenseits aller Schulästhetik, aller Zunft- und Geschäftskunst, und nur kein Nürnberger Trichter, keine Vorschulen der Dichtung. […] und für mich […] wurde der Peter zum Rattenfänger von Hameln, der aus der Schule ins Leben verlockte und auf all jene Abwege, die jenseits der Schuldisziplin führen.[6]

Und in seinen *Lebenserinnerungen* konkretisiert Hart dies noch weiter:

> Er [Hille, M. K.] war unser erster Verführer und verlockte uns in die vom Schulgesetz streng verbotenen Wirtshäuser. Die anerkannten Klassiker Goethe, Schiller, Shakespeare berührten ihn weniger. Seine Lieblinge waren vor allem die großen tragischen Gestalten, die Lenz, Hölderlin, Lenau, Grabbe.[7]

Und so wird der eigensinnige und unangepasste Peter Hille 1874 vom Paulinum ohne Abitur entlassen.

Die behütete, naturverbundene Kindheit in der ostwestfälischen Heimat und der rebellische Aufbruch in der Schulzeit, in der Hille die Freiheit des Denkens gegen die starren Regeln der preußischen Schule und die Kanones der einzelnen Fächer einforderte, markieren die Eckpunkte seines Denkens: In der Kindheit erfuhr Hille naturverbundene Heimatliebe ebenso wie eine streng katholische Gläubigkeit, deren Ordnung sich seine Brüder Kilian und Philipp später als Priester unterwarfen. Hille dagegen löste sich aus den Regeln und Satzungen der katholischen Kirche und strebte eine neue, freie Gläubigkeit an, die sich der mittelalterlichen Mystik und dem Pantheismus verbunden fühlte. In der Schule suchte er – den eigenen, starken Freiheitsdrang spürend – den Anschluss an andere starke, freie Naturen und Persönlichkeiten, die sich zu selbstbestimmten Verbünden zusammenschlossen, ohne sich durch Konventionen oder Gleichmacherei einzuengen.

5   Julius Hart, Einleitung zu: *Peter Hille. Gesammelte Werke*, Berlin [2]1916, zit. n.: *Peter Hille im Urteil seiner Zeitgenossen und Kritiker. Rezeptionszeugnisse Peter Hilles*, Teil I 1884-1919, hrsg. von Cornelia Ilbrig, Bielefeld 2007, S. 545 f.
6   Julius Hart, Einleitung zu: *Gesammelte Werke von Peter Hille*, hrsg. von seinen Freunden, Berlin [2]1916, zit. n.: *Peter Hille im Urteil seiner Zeitgenossen und Kritiker. Rezeptionszeugnisse Peter Hilles*, a. a. O., S. 544 und 550.
7   Heinrich Hart/Julius Hart, *Lebenserinnerungen. Rückblicke auf die Frühzeit der literarischen Moderne (1880–1900)*, hrsg. und komm. von Wolfgang Bunzel, Bielefeld 2006, S. 103 f.

In einem späteren, nicht zu Lebzeiten veröffentlichten Text mit dem Titel *Tauseele. Schul- und Bekenntnisschrift* resümiert Hille seine Schulzeit so:

> Auch mich hat man über den Leisten gezogen, und da, alles in allem, vierzehn Jahre gezerrt. [...] Bin ich noch unverhunzt? Mit kühnem Stolze eines Selbstwanderers, der auch die klaffendsten Abgründe nicht scheut, sag ich: „Ja". Aber nur das, knapp entkommen. Nur mir habe ich das zu verdanken. [...] Ich bestimme mich selbst.[8]

Nach einer kurzen Tätigkeit als Gerichtsschreiber in Höxter wendet sich Hille 1877 nach Leipzig, um dort Vorlesungen in Philosophie, Literatur und Kunstgeschichte zu hören. Er versucht, Arbeit als Korrektor und Übersetzer zu finden, doch das gelingt ihm nicht, und so geht er 1878 nach Bremen zu seinen Schulfreunden Hart, die sich dort als Journalisten mit der Zeitschrift *Deutsche Monatsblätter* durchzuschlagen versuchen. Hille verfasst zahlreiche literaturgeschichtliche Essays für die Monatsblätter, deren Tendenz progressiv und sozial ist. Er wird auch Redakteur, später Chefredakteur des *Bremer Tageblatts*, das aber am 31. Oktober 1879 Insolvenz anmelden muss. Hille verlässt daraufhin Deutschland und bricht nach England auf.

2. Hilles Reisen

Es zieht ihn sogleich ins Zentrum, nach London! Eine Stadt, in der das Leben im industriellen Massenzeitalter schon begonnen hat: Gewaltige Industrieanlagen, ein Hunger nach Arbeitskräften für eine stetig wachsende Produktion, aber auch die Slums in Whitechapel, wo Schwarze und Asiaten in großer Not und Armut leben. Hille wohnt zeitweise in diesen Armenvierteln und erlebt dort die bedrückende soziale und finanzielle Lage dieser Menschen und kommt mit der internationalen Arbeiterbewegung in Kontakt, u. a. mit dem späteren Anarchisten Johann Most.

Doch London bietet ihm auch den Zutritt zum Kosmos des Wissens: Die großartige Bibliothek des Britischen Museums ist eine der bestbestückten der Welt, Hille lernt in kurzer Zeit Englisch und verschlingt die Bücher der Bibliothek nach einem festen Arbeitsplan. Dieser äußerste Kontrast zwischen der Kümmerlichkeit der menschlichen Existenz in den Slums von Whitechapel und den herausragenden kulturellen Leistungen des Menschen, niedergelegt in den zahllosen Büchern der Britischen Bibliothek, ist für eine weitere Polarität im Leben Hilles bestimmend: Ärmlichkeit der *äußeren* Existenz, aber ungeheurer *innerer* Reichtum, der sich im literarischen Schaffen Bahn bricht.

---

8 Peter Hille, Tauseele (1903), zit. n.: Peter Hille, *Gesammelte Werke in sechs Bänden,* a. a. O., Bd. 1, S. 231.

Von London aus zieht Hille 1882 nach Holland, wohnt zunächst in Rotterdam, später in Amsterdam. Er gibt Sprachunterricht und schreibt Ausstellungsberichte. Mit dem letzten Rest des mütterlichen Erbes versucht sich Hille als Teilhaber einer holländischen Theatergruppe durchzuschlagen – doch als auch dieses Unternehmen kläglich scheitert, macht er sich 1884 mittellos auf den Weg zurück nach Münster und von dort nach Berlin zu seinen treuen Freunden, den Brüdern Heinrich und Julius Hart. Hille wird Mitarbeiter bei der neuen Zeitschrift der Brüder Hart, den *Berliner Monatsheften für Literatur, Kritik und Theater* und gründet sogar eine eigene Zeitschrift unter dem Titel *Völkermuse. Kritisches Schneidemühl von Peter Hille*, die allerdings fehlschlägt: Es gibt nur ganze zwei Abonnenten dieser Zeitschrift, und einer davon ist der Dichterfreund Detlev von Liliencron, der sich immer wieder für Hille einsetzt. Doch da Hille in Berlin noch nicht Fuß fassen kann, zieht er sich nach Bad Pyrmont zurück.

3. Der Roman „Die Sozialisten"

In der Pyrmonter Zeit 1885–1886 verarbeitet Hille die Erlebnisse seiner Aufenthalte in Bremen, London und Amsterdam literarisch in dem Roman *Die Sozialisten*[9]. Natürlich hatte Hille in den Jahren von 1870–1885 die zeitgeschichtlichen Entwicklungen sehr genau wahrgenommen:

Im Jahr 1869 wurde die Sozialdemokratische Arbeiterpartei Deutschlands gegründet. Knapp 10 Jahre später, 1878, wird auf Initiative Bismarcks aus Anlass zweier Attentate auf Kaiser Wilhelm I. das „Gesetz gegen die gemeingefährlichen Bestrebungen der Sozialdemokratie" beschlossen. Durch das so genannte „Sozialistengesetz" wird die Sozialdemokratie stark in ihren Aktivitäten beschnitten, bedeutende Sozialistenführer werden verhaftet und die Pressefreiheit eingeschränkt. Hille ist als Redakteur des *Bremer Tageblatts* in diese innenpolitischen Kämpfe einbezogen, das im Oktober 1879 sein Erscheinen einstellen muss. Peter Hille hat in seiner Leipziger Zeit wahrscheinlich Bebel und Liebknecht, in London den radikalen Anarchisten Johann Most kennen gelernt, der 1880 aus der Deutschen Sozialistischen Arbeiterpartei ausgeschlossen wurde. Es gibt also zahlreiche biografische und politische Berührungspunkte zwischen Hille und der Sozialdemokratie bzw. der Deutschen Sozialistischen Arbeiterpartei und deren Führern, die Hille in seinem Roman *Die Sozialisten* auch verarbeitet. Dazu kommt sein sehr direkter Kontakt mit der Sozialen Frage und der Armut des Industrieproletariats in den Slums von Whitechapel.

Thema des Romans ist die Schilderung des Sozialistenmilieus aus der Sicht eines integrierten, aber dennoch weltanschaulich distanzierten, auktorialen Erzählers. Der Roman hat keinen durchdachten, kohärenten Handlungsverlauf, es gibt keine eigentliche Erzählhandlung, keine Entwicklungsgeschichte, sondern nur

---

9 Peter Hille, *Die Sozialisten*, Leipzig 1887.

eine lose Reihung von Szenen: Der Protagonist des Romans ist Viktor Huschen, Sohn eines begüterten Bremer Unternehmers, des Fabrikanten Gotthold Huschen, der sich den sozialistischen Idealen verpflichtet fühlt und seinen Sohn in deren Sinne zu erziehen versucht. Skizzen folgen einander, vage vereint durch die Erlebnisse Viktor Huschens, der sich leicht als Abbild Hilles erkennen lässt: Viktor soll zunächst nach Leipzig, ins Zentrum des Sozialismus, wendet sich aber von dort nach Bremen und wird Redakteur, wo er führende Sozialisten – im Roman heißen sie Beber und Triebknecht, also unschwer als Bebel und Liebknecht identifizierbar – kennen lernt. In solchen Begegnungen und Gesprächen entwickelt Viktor zunehmend eine Gegenposition zu den sozialistischen Auffassungen und Theorien seiner sozialistischen Gesprächspartner. Viktor geht nach London und lernt Johann Most kennen (der Name taucht ganz unverschlüsselt im Roman auf) und lebt mit Anarchisten und Sozialisten eng zusammen. Hier verstärkt sich die Skepsis Viktors gegen die sozialistischen Ideale und Versprechungen und er beginnt, die Umrisse einer zufriedenstellenderen alternativen Weltsicht zu entfalten. Von London reist Viktor weiter nach Amsterdam und wird Theaterdirektor, doch scheitert er mit dieser Unternehmung.

Die biografischen Bezüge zu Hilles bisherigem Leben sind also mit den Händen zu greifen – auch wenn man sich natürlich davor hüten muss, den eben doch fiktionalen Roman einfach als autobiografische Schrift zu lesen –, und diese dürre, undramatische und handlungsarme Abfolge von Lebensstationen Viktor Huschens ist angereichert mit Reden, Gesprächen, Aphorismen, Tagebuchaufzeichnungen, theoretisch-philosophischen Reflexionen und publizistischen Kommentaren. Ergänzt wird dies durch eingehende Milieubeschreibungen insbesondere von Sozialistenfamilien, deren Wertvorstellungen, Erziehungsmaximen und Lebensgewohnheiten. Ein solcher Romanaufbau sprengt natürlich die traditionellen Vorstellungen der Leser von einem Roman: In seinem Vorwort *An das neue Publikum* spricht Hille auch sehr selbstbewusst von einem „neuen Leser", den dieser Roman erfordere, vor allem mutige unkonventionelle Männer, die mit literarischer Tradition und konventionellen Sichtweisen brechen:

> Wir müssen Ernst machen, aufrichtig und tief müssen wir die Welt fassen. [...]
> Bringen wir die Wirklichkeit schon unter höher harmonischen Gesichtspunkten!
> Gesichtspunkte sind dieser Zeit verlorengegangen [...].[10]

Mit dieser Skizzenhaftigkeit, Fragmentarität und digressiven Struktur erfüllt Hille die Forderungen des Naturalismus geradezu mustergültig: Ich zitiere aus der Hille-Biographie Rüdiger Bernhardts:

> Hille schrieb mit den „Sozialisten" den naturalistischen Roman, den die Naturalisten bis dahin nur theoretisch bedacht hatten, dessen literarische Beispiele sie bisher meist im Ausland, vor allem in Frankreich sahen.»Die Sozialisten« waren ein

---

10 Peter Hille, *Die Sozialisten*, a. a. O., S. 2.

perfekter naturalistischer Roman, der gerade deshalb nahezu unlesbar war. Die Form, genauer die Unform des Romans entsprach der naturalistischen Doktrin, die Wirklichkeit ungeordnet und willkürlich, wie sie sich darbot, abzubilden.[11]

Zentrales Beobachtungsobjekt ist der sozialistische Zukunfts- oder Idealstaat. Auch wenn der Sozialismus zunächst als eine positive Utopie gesellschaftlicher Ideale dargestellt wird, so gewinnt er im Laufe seiner politischen Ausformung durch die Sozialistenführer doch zunehmend an totalitären Elementen. Diese zunehmend kollektivistischen Tendenzen des Sozialismus ebnen die Individualität des Einzelnen zugunsten eines Klassendenkens ein. Damit aber wird der Sozialismus für Viktor Huschen zunehmend unattraktiv und als neues Staatsideal verworfen.

Im Folgenden kann ich nur einige *zentrale Aspekte* der Sozialismuskritik, die Viktor Huschen in dem Roman entfaltet, ansprechen:

1.   Kritik an der Ausrichtung der sozialistischen Partei: Im Gespräch von Viktor Huschen mit Beber spielt Hille auf ein zentrales Problem der sozialistischen Partei, Arbeiter- *und* Intellektuellenpartei sein zu wollen, an:

> Diese Partei müßte, grade weil sie zur Verwirklichung ihrer Ziele die Übereinstimmung Aller verlangt, wie eine Sirene auftreten, voll einschmeichelnder Überredung. Nun aber ist sie schmucklos, mürrisch – ja – darf ich es sagen? [...] Banal, mein ich, seid Ihr und unwissenschaftlich. [...] Gewiß, Eure Ziele gefallen mir so, daß ich sie um jeden Preis befördern möchte, aber Euer Ton gefällt mir nicht, Euer banausisches Wesen.[12]

Das Spannungsverhältnis von Arbeitern zu Intellektuellen ist ein ungelöstes Problem der Partei zu dieser Zeit, die Arbeiterpartei sein will, aber von gebildeten Vertretern des Bürgertums geführt wird wie Lasalle, Liebknecht, Bebel u. a.

2.   Im Roman setzt sich der Erzähler immer wieder mit Theoriestücken von Bebel, Most u. a. auseinander – nicht indem er explizite und kohärent-systematisch gegen sie argumentiert (der Roman ist ja kein politischer Essay), sondern indem er durch Situationsschilderungen oder durch aphoristisch zugespitzte Reflexion gegen sie „anschreibt":

> Nur in sehr früher Jugend ist die Bestie Revolution zu zähmen; und eine Bestie ist es für den Freiesten: denn nur die schlechtesten Eigenschaften des Menschen entwickelt sie einseitig.[13]

Gegenüber der Vorstellung Bebels, eine Gesellschaft sei plan- und kontrollierbar, sieht Hille die Gesellschaft als eine Summe von Individuen mit evident divergierenden Einzelinteressen. Der Mensch besitzt basale unveränderliche Ei-

---

11 Rüdiger Bernhardt; *„Ich bestimme mich selbst." Das traurige Leben des glücklichen Peter Hille (1854–1904)*, Jena 2004, S. 88.
12 *Die Sozialisten*, a. a. O., S. 63 f.
13 Ebd., S. 175.

genschaften, die zentralistischen Reformbestrebungen entgegenstehen. Vor allem aber muss das Individuum Priorität genießen, nicht die Gesellschaft: „Der
Sozialist muß sein Ich durchstreichen und dafür die Gesamtheit setzen. Der Holländer durchstreicht lieber die Gesamtheit und setzt sein Ich."[14] Damit formuliert
Victor Huschen mit Bezug auf die Eigenart der Holländer, die er für besonders
freiheitsliebend hält, exakt seine Einstellung und schreibt weiter: „Wenn Ihr mir
meine Individualität nicht einmal verstatten wollt, dann ist es ja schlimmer bei
Euch, wie in Cachot."[15] (Cachot ist ein Gefängnis)

Und ein weiteres Zitat:

> Das Theorem des sozialdemokratischen Staats ist der Individualität noch weit
> mehr entgegengesetzt, als dieses mit Staat und Kirche heutzutage der Fall ist. Die
> Sozialdemokratie entwickelt nicht weiter. Deshalb darf man auf sie als den Zu-
> stand, in welchem man die schönsten menschlichen Kräfte entfaltet, nicht rech-
> nen. Die ästhetisch, harmonisch human angelegten Naturen werden erst im sozia-
> len Staat ihre recht eigentliche Marterbank finden.[16]

Die „ästhetisch angelegten Naturen", die Künstler also, sind aber die gebildeten
Individuen, von denen im Zeichen *allgemeiner* Humanität die bessere Gesellschaft zu erwarten ist: Selbstbewusst in diesem Sinne unterschreibt Hille das
Vorwort des Romans mit „Humanus Peter Hille". Ihre edle Mitmenschlichkeit
wird schließlich – so Hilles feste Überzeugung – auch die Hungrigen speisen:

> Nein, nein, so geht das nicht. Von unserm Geiste können wir nichts missen. Aber
> daß darum ein Bissen weniger auf den Hungrigen fällt, ja statt dessen ein gutes
> Stück Fleisch, dafür kann und wird gewissenhaft der Geist der Feinsten mitsor-
> gen, wenn er liebevoll tiefeinsichtig die Welt zur Hand nimmt.[17]

3. Das Individuum also muss zuerst entwickelt werden, und das aus seinen
eigenen Kräften und je besonderen Eigenschaften heraus:

> Doch keineswegs ist es gut, daß wir einen Zustand, wie der Sozialismus ihn wol
> mit Gewalt und auf einmal herbeiführen möchte, schon haben, ehe unsere Eigen-
> schaften in jedem Sinn bestens entwickelt sind. Unsere Sinne, unsere harmonisch
> ineinandergreifende Ausbildung muß den Zustand herbeiführen.[18]

Und: „Der Sozialismus [ist, M. K.] eine verkehrte Weltsicht, ein Sophisma und
kann als solches überhaupt nicht verwirklicht werden."[19]

Hilles Roman greift nicht unmittelbar in die scharfen politisch-ideologischen
Auseinandersetzungen seiner Zeit ein und reflektiert auch nicht das Elend des

---

14 Ebd., S. 261.
15 Ebd., S. 65.
16 Ebd., S. 152.
17 Ebd., S. 96 f.
18 Ebd., S. 393.
19 Ebd., S. 261.

aufkommenden Industrieproletariats. Hilles Roman ist vor allem eine Invektive gegen jeden Versuch, Individuen unter den Geist einer kollektivistischen Doktrin zu zwingen. Aus den zumeist aphoristischen Reflexionen lässt sich der Aufruf zur individuellen Verantwortung eines jeden Mitbürgers für das Wohl der Gesellschaft und die Festigung der Tugenden entnehmen, aber ein Kampf der Klassen ist für Hille unsinnig und führte wohl nur aus dem maßregelnden Zugriff von Adel und Bürgertum in die Diktatur des Proletariats: Daher befürwortet er emphatisch *soziales Engagement und Verantwortung*, lehnt aber *kollektiven Widerstand oder gar revolutionäre Gewalt* ab. Vor einem „Barbarismus der Massen" hatte Hille große Angst, dem „Stammtisch" vertraute er ganz und gar nicht. So lautet einer seiner Aphorismen: „Wo Stammtisch ist, da stirbt Welt und Geist – Der mordet alles."[20] Als Kerngedanke steht über allem die Freiheit des Individuums und der Glaube an die Einsichtsfähigkeit des Menschen.

Rüdiger Bernhardt schreibt:

> Der Roman ging kritisch mit der sozialdemokratischen Ideologie um, zeigte aber Verständnis für die sozialen Widersprüche; es war eines der ersten Dokumente der deutschen Literatur, das den Einfluss der Arbeiterbewegung auf die Kunst bestätigte. […] Hilles Leben vollzog sich fern der Gründerzeitfassaden und des Prunks Wilhelminischer Paraden; aber es war kein Leben fern der sozialen Kämpfe. […] Sein Individualismus, der Organisationsformen ablehnte, wehrte sich gegen die strenge Disziplin einer Partei. Aber die sozialen Widersprüche interessierten ihn in dem Maße, wie sie seine Selbstbestimmung und seinen Individualismus tangierten und beeinträchtigten. Die soziale Befreiung war für ihn kein ökonomischer und gleich gar kein politischer Akt, sondern ein Vorgang der Selbstbestimmung durch Bildung und Kunst.[21]

Auch die Literaturwissenschaftlerin Renate von Heydebrand sieht die innovative Bedeutung des Romans *Die Sozialisten* in dem „anarchischen Individualismus des Künstlers", den Hille als den „eigentlich humanen Menschen" der sozialistischen Gleichmacherei gegenüberstellt. Bei Hille wird das „schreibende Subjekt der einzige Fluchtpunkt für alle divergierenden Momente"[22], das Schreiben dient der Artikulation individueller Impressionen und dem Prozess einer individualistischen Selbstvergewisserung. Mit dieser eigenwilligen Romankonzeption überwindet Hille die gängigen Gattungskonventionen um 1900 und schafft so einen für diese Zeit außergewöhnlichen Roman, der schon der Romanform des Expressionismus vorarbeitet.

Gewalt, Widerstand, gar Revolution an der Seite der proletarischen Massen unter den zunehmend radikaleren Doktrinen der Sozialistenführer kam für Hille,

20 Peter Hille, *Gesammelte Werke in sechs Bänden*, a. a. O., Bd. 5, S. 317.
21 Rüdiger Bernhardt, *„Ich bestimme mich selbst."*, a. a. O., S. 87.
22 Renate von Heydebrand, *Literatur in der Provinz Westfalen 1815–1945. Ein literarhistorischer Modell-Entwurf*, Münster 1983, S. 99 ff.

den Individualisten, nicht in Frage, auch wenn er sah, dass die soziale Frage eine drängende war.

Der Roman erscheint auf Fürsprache Liliencrons 1887 im Verlag von Wilhelm Friedrich in Leipzig. Trotz des provokanten Titels *Die Sozialisten* fiel der Roman der Zensur nicht auf und blieb unbehelligt. Das Buch fand kaum Resonanz beim Publikum und rief auch deswegen keine nachlaufenden staatlichen Reaktionen hervor.

Als 1904 die Brüder Hart Hilles *Gesammelte Werke* herausgaben, nahmen sie den Roman nicht in die vierbändige Werkausgabe auf. Möglicherweise waren Sie mit der offenen Kritik, die Hille an einigen führenden Köpfen der SPD – wie Bebel und Liebknecht – in diesem Roman übte, persönlich nicht einverstanden.

4. Hilles „Gegenentwurf"

Wie sieht nun – noch etwas genauer – Hilles Gegenentwurf zu einer sozialistischen Doktrin, einem sozialistischen Gesellschaftsentwurf aus?

Hille prägt von der Schulzeit an das Konzept des freien Individuums aus: Alles, was die Selbstbestimmung des Individuums hindert und die Unterordnung unter eine Kollektivräson verlangt, muss bekämpft werden, sei es in der Schule, in der Kirche, in Staat und Gesellschaft. Dieser Hillesche Freiheitsdrang ist schon beinahe obsessiv, er äußert sich immer und immer wieder in seinen Schriften, z.B. aphoristisch:

„Besser ein freier Teufel als ein gebundener Engel."[23]

„Nur die eigenen Früchte machen uns stark."[24]

In dem Essay *Los von der Sitte* entwirft Hille das Bild eines freien, sich immerwährend neu und selbst gestaltenden Menschen, der nur sich selbst nötig hat:

> Er ist sein König, Niemandes Untertan. Er ist auch nicht Revolutionär, kein Empörer. Die zufälligen Staatsgebilde sind ihm, abgesehen von Auswüchsen, die sein und der andern Entfaltungsrecht beträchtlich hemmen, sozusagen gleichgültig. [...] Nur Substanz erkennt er an, eigene Freude. [...] Er kennt seine starke Einsamkeit, weiß, was sie ihn gekostet hat. So will er auch allein gelassen werden. Er beansprucht nichts. Nicht Rang, nicht Gehalt, keinen Piepmatz. Nur darin soll man ihn lassen. Es ist schwer, fertig zu werden, frei zu werden; man hat immer noch daran zu tun. Ist man es aber, so verbittet man es sich, so angeschirrt als Haustier numeriert zu werden mit den andern Haustieren an der Staatskrippe.[25]

23 Peter Hille, *Gesammelte Werke in sechs Bänden*, a. a. O., Bd. 5, S. 355.
24 Peter Hille, *Gesammelte Werke in sechs Bänden*, a. a. O., Bd. 5, S. 306.
25 Peter Hille, Los von der Sitte! (1904), zit. n.: Peter Hille, *Gesammelte Werke in sechs Bänden*, a. a. O., Bd. 5, S. 216.

So orientiert sich Hille zeitlebens an starken Individuen, kraftvollen Naturen, sich selbst bestimmenden Persönlichkeiten, die nach individueller Freiheit suchen und sich in kein oktroyiertes Korsett und keine Fremdbestimmung fügen.

Zu diesen starken, ihre Zeit prägenden Gestalten gehört für Hille ganz exemplarisch Martin Luther: In einer im Jahr 2011 in einer angekauften Sammlung neu aufgefundenen Handschrift Hilles mit dem Titel *Urgründe des Antisemitismus* lesen wir:

> [...] dem vielfarbigen Ungestüm Luthers [gelang] die Befreiung des Selbst. [...] Luther schälte das Selbst los, es brach auf als Gewaltherrschaft, Geistesfreiheit war angedeutet – und so von diesem Selbst eines Jeden aus kann sich die dauernde Geistesgemeinschaft gottesfreudig zwangloser Menschenschaft bilden, die zugleich Kirche ist [...].[26]

Und diese Kirche soll sich nicht durch Satzungen und Gebote befestigen, wie es durch die „Dekretalienfreude"[27] des Papsttums geschieht, sondern das „Gesetz" finden helfen, das allein das menschliche Selbst entdecken lässt – „Dieses Gesetz ist eben der heilige Geist", den Christus seiner Kirche hinterlassen hat, schreibt Hille dort.[28]

Vornehmste Aufgabe Hilles ist also die Ausbildung der freien Persönlichkeit: Gegen alle Institutionen oder ideologischen Konzepte, die auf Unterwerfung des Individuums unter Regeln und auf die Einebnung seiner je besonderen Persönlichkeit zielen, opponiert Hille scharf: Das sind Schule, Kirche, Staat, aber auch Sozialismus und Sozialdemokratie. „Der freie Geist ist sich eigene Norm", so lautet bündig eine Gedichtzeile in seinem Gedicht *Märzfahrt* (1898) das – 50 Jahre später – den Kämpfern der 1848er Revolution gewidmet ist, und in einem Aphorismus stellt Hille fest:

> Weltanschauung? Erst mußt du klar sein, dann siehst du die Welt klar. Von Gott aus glättest du die Welt so ruhig, so schlicht, so ganz wie die Sonne die Dunkelheiten der Erde entfaltet.[29]

Seine je eigene Individualität ganz auszubilden, also ein wahres, eigenes „Selbst" zu werden, ist eine große Aufgabe, die zu erfüllen aber jedem Menschen, auch wenn er in ärmlichen Verhältnissen lebt, möglich ist: Dazu muss der Mensch ein tief Lauschender, ja ein Einsamer werden, ganz im Sinne der mittelalterlichen Mystiker, die in der *unio mystica* ein besonderes Verhältnis zu Gott und Natur anstrebten. Sie suchen nach dem *Gesetz*, nach dem jeder Einzelne sich

---

26 Peter Hille, *Urgründe des Antisemitismus,* unveröffentlichte Handschrift (nicht datiert), erstmals transkribiert von Christoph Knüppel, Archivort: Literaturarchiv Münster, Blatt 3 und 4.

27 Ebd., Blatt 3.

28 Ebd., Blatt 7.

29 Peter Hille, Büchlein der Allmacht, zit. n.: Peter Hille, *Gesammelte Werke in sechs Bänden,* a. a. O., Bd. 5, S. 304.

in Einklang zu bringen hat mit der Natur und Gott, es wird erkannt durch mystische Versenkung und künstlerische Sensibilität:

> Dieser Kirchenstreit und Kirchenstarre ist ein Zeichen; sie verstehen das Gesetz nicht, das Satzungsaufhebende, kleben Satzungsschicht auf Satzungsschicht, reißen sie wieder ab, finden aber den lebendigen Grund nicht, den nur die Mystik erschließt.[30]

Dies schreibt Hille im *Büchlein der Allmacht* und stellt dann den Zusammenhang von Dichtung und Mystik heraus:

> Großdichtung ist immer Gottesdienst. Kommt nun noch die willensstarke Selbsterkenntnis der Mystik hinzu, so strahlt zeitenbegabend die Kunst.[31]

Und ein ästhetisches Weltverhältnis ist für Hille von zentraler Bedeutung, denn in der Kunst entfaltet sich unser Sinn für die Schönheit der Welt: „Ich bin, also ist Schönheit"[32], notiert Hille als vielleicht markantesten Aphorismus seines Lebens, und „Was sich von der Welt in uns verliebt, das wird schön."[33]

Individuen, die solchermaßen ihr eigenes Selbst und ihren Sinn für die Schönheit ganz und harmonisch ausgebildet haben, werden sich auch in rechter Weise für die Bedürfnisse und Belange der Mitmenschen einsetzen, indem Sie durch ihr Beispiel einer besseren Welt zum Durchbruch verhelfen: „Die Regung unseres Geistes ist Weltgesetz, das wird Sittengesetz."[34] Erst durch die Bildung der Vielen, die in gleicher Weise das „Weltgesetz" in sich suchen, wird die bessere Gesellschaft möglich, wie Hille in seinem Essay *Das rote Meer und der Kronprinz* behauptet:

> So ein Ding wie ein Staat, etwas Lebendiges in der Hand zu halten, das geht nicht; das ist ein Unsinn der Vergangenheit. [...] Nicht von dem wissen, was man vornimmt, nicht wollen, nicht im einzelnen wollen, sondern am Freien und Schönen, dem Höchsten in uns tuend sich freuen. Das Ganze wollen, mit andern; die ebenso sind in ihrer Art, die vollkommene Welt wachse. Geschichte werden. Nicht Geschichte machen.[35]

5. Berlin und die Künstlergemeinschaften

Die Berliner Zeit – also die Jahre von 1893 bis zu Hilles Tod 1904 – wird die menschlich und literarisch anregendste Zeit im Leben Hilles. Das Kabarett, an

---

30 Ebd., S. 302.
31 Ebd., S. 301.
32 Ebd., S. 311.
33 Ebd., S. 311.
34 Ebd., S. 304.
35 Peter Hille, Das rote Meer und der Kronprinz (1903), zit. n.: Peter Hille, *Gesammelte Werke in sechs Bänden*, a. a. O., Bd. 5, S. 206.

dem Erich Mühsam so intensiv mitwirkt, ist Hilles zehnte Muse, seine pädagogi-
sche Instanz zur ästhetischen Erziehung des Menschen. Hier erreicht er junge,
unverbildete Menschen und Künstler, die er in seinem individualistischen Sinne
formen will.

Hille ist in dieser Berliner Zeit mit den Künstlergemeinschaften und anarchis-
tisch-sozialistischen Verbünden und Zeitschriften nur lose verbunden: Auch seine Observation durch die Berliner Polizei ergab keine Anhaltspunkte für sozialistische Umtriebe, Gewalt oder Widerstand gegen den Staat. Hille ist durch seinen extremen Individualismus nahe bei den Anarchisten, aber die entschiedene
Verteidigung des Rechts auf freie Entfaltung des Individuums ist für Hille nicht
gleichbedeutend mit der Aufforderung zu politischer Aktivität, die durch Gewalt
und Widerstand gegen die Mächtigen die Unterdrückung der Entrechteten bekämpft, wohl aber verbunden mit sozialer Haltung, wie Erich Mühsam in seinen
Unpolitischen Erinnerungen schreibt:

> Persönlichkeiten vom Range Peter Hilles […] lebten aus ihren natürlichen Not-
> wendigkeiten heraus in den Formen freiheitlicher Moral; sie gaben sich die Geset-
> ze ihres Verhaltens nach den Bedürfnissen ihres angeborenen Wesens, und das
> angeborene Wesen künstlerischer Menschen ist, was noch nicht genügend erkannt
> ist, immer im Einklang mit sozialer Gesamthaltung.[36]

Doch so sehr Mühsam hier auch das Verdienst des „Künstlermenschen" Hille
lobt, so sehr ist er doch überzeugt, dass eine wirklich frohe Welt für alle *er-
kämpft* werden muss, denn allein dem sozialen Impetus großer Naturen zu ver-
trauen, reicht nicht aus, das Elend der Vielen nachhaltig zu beseitigen, und so
schließt er seine *Unpolitischen Erinnerungen* mit der Verbindung seiner beiden
„Lebenshälften":

> War ich früher den wenigen verbündet, die der Menschheit vorausliefen zu einer
> frohen Welt, so will ich auch den vielen verbündet bleiben, die die Not lehrt, daß
> eine frohe Welt erkämpft werden muß, eine Welt, in der wieder Freude und La-
> chen Raum hat, aber nicht als Vorrecht rebellierender Außenseiter, sondern als
> Inhalt des Lebens und der befreiten Menschheit.[37]

Für Hille aber steht die Freiheit des Individuums über allen Formen verordneter
oder erzwungener Staatsräson unabhängig davon, ob diese religiös, bürgerlich
oder sozialistisch motiviert ist – sein Weg zur humanen Gesellschaft geht nicht
über die Rebellion auf der Straße, den Klassenkampf, sondern über die ästheti-
sche Erziehung des Menschen: Dies bestätigt Erich Mühsam eindrucks-, ja sogar
liebevoll, wenn er 1908 in seinem Artikel „Peter Hille", erschienen in der Zeitschrift *Die Zukunft*, eine Einordnung Hilles vornimmt:

---

36 Erich Mühsam, *Namen und Menschen, Unpolitische Erinnerungen*, Berlin 1977, S. 237.
37 Ebd., S. 238.

Dem Künstler unserer Zeit, dem Fremden, Leidenden bleiben nur zwei Möglich-keiten, sich abzufinden. Einer kämpfte an gegen die Frevel der menschlichen Ordnungen, baut sich ein Ideal der Wirklichkeit, wird Sozialist und Anarchist und hofft auf die Tage, die keinen Hunger mehr kennen werden und keine Noth des Leibes. Er stellt sich bewußt in Gegensatz zur Gesellschaft, verbündet sich den Ausgestoßenen und Benachteiligten und eint seine Empfindungen zum Gefühl des Hasses gegen Staat und Gesellschaft, in dem Wunsch nach Rache. Der Andere geht, wie Peter Hille, still seines Weges, liebt Leben und Liebe und dichtet Schönheit in die Menschen, die ihn verhungern lassen ...[38]

---

38 Erich Mühsam, Die Zukunft (1908), zit. n.: *Peter Hille im Urteil seiner Zeitgenossen und Kritiker. Rezeptionszeugnisse Peter Hilles,* Teil I 1884–1919, hrsg. von Cornelia Ilbrig, Bielefeld 2007, S. 418.

Bildnachweis

EMG, Lübeck: U1 (Porträt Erich Mühsam. Radierung von Horst Janssen), S. 1, U4 (Abdruck aus: Gerd W. Jungblut (Hrsg.), In meiner Posaune muß ein Sandkorn sein. Briefe 1900–1934. Vaduz: Topos 1984, Bd. 1, S. 140)

Publikationen der Erich-Mühsam-Gesellschaft

Die EMG gibt zwei Publikationsreihen heraus: das „Mühsam-Magazin" und die „Schriften der Erich-Mühsam-Gesellschaft". Bisher sind erschienen:

Mühsam-Magazin:

Heft 1 (1989):	(vergriffen)
Heft 2 (1990):	(vergriffen)
Heft 3 (1992):	(vergriffen)
Heft 4 (1994):	Mit der unveröffentlichten Erzählung „Tante Klodt" von Erich Mühsam
Heft 5 (1997):	Mit dem Sylter Tagebuch (1891) von Erich Mühsam
Heft 6 (1998):	Mit Materialien zum Streit um die Mühsam-Rechte
Heft 7 (1999):	Mit Materialien der Tagung „Erich Mühsam und die Kunst" und der Preisverleihung 1997
Heft 8 (2000):	Mit „Im Nachthemd durchs Leben" (1914) von Reinhard Koester, Carl Georg von Maaßen und Erich Mühsam
Heft 9 (2001):	Mit Materialien zum Verhältnis Erich Mühsams zu Senna Hoy, Oskar Maria Graf und Emmy Hennings
Heft 10 (2003):	Mit Materialien zur Rettung der Lübecker Löwen-Apotheke und zur Roten Hilfe
Heft 11 (2006)	Mit Beiträgen zu Margarethe Faas-Hardegger, Johannes Nohl und Peter Hille

Schriften der Erich-Mühsam-Gesellschaft:

Heft 1 (1989):	Chris Hirte: Wege zu Erich Mühsam (vergriffen)
Heft 2 (1991):	Erich Mühsam – Revolutionär und Schriftsteller (2. Aufl. 1997)
Heft 3 (1993):	Erich Mühsam und … (der Anarchismus und Expressionismus; die „Frauenfrage"; Ludwig Thoma) (2. Aufl. 1998)
Heft 4 (1993):	Die Graswurzelwerkstatt / Erich-Mühsam-Preis 1993 (vergriffen)
Heft 5 (1994)	Der „späte" Mühsam

Soweit die Hefte nicht vergriffen sind, können sie bei der EMG oder im Buchhandel erworben werden.

Stand: 08/2012

Erich-Mühsam-Gesellschaft e. V., Lübeck

Buddenbrookhaus, Mengstr. 4, 23552 Lübeck

www.erich-muehsam-gesellschaft.de
www.buddenbrookhaus.de
E-Mail: info@buddenbrookhaus.de

Längst überfällig war sie. Seit dem 111. Geburtstag am 6.4.1989 existiert sie und soll mit **Ihrer** Unterstützung lebendige Arbeit leisten.

Aufgabe der Erich-Mühsam-Gesellschaft ist es, das Andenken des Schriftstellers zu erhalten, in seinem Geist die fortschrittliche, friedensfördernde und für soziale Gerechtigkeit eintretende Literatur zu pflegen und seine Absage an jede Unterdrückung, Gewalt und Diskriminierung von Minderheiten für die Gegenwart zu nutzen. Unsere Pläne:

- Aufbau eines Archivs in Lübeck
- Schaffung eines Erich-Mühsam-Museums in Lübeck
- Lesungen und Inszenierungen
- Vorträge und Seminare
- Förderung der wissenschaftlichen Forschung
- Herausgabe weiterer Hefte der Schriftenreihe und des Magazins
- Vergabe eines Erich-Mühsam-Preises

Ein früherer Lübecker Bürgermeister hat – bezogen auf Thomas und Heinrich Mann sowie Erich Mühsam – gesagt: „Dass die auch gerade alle aus Lübeck sein müssen – was sollen die Leute im Reich von uns denken!" Nun – die Brüder Mann mussten emigrieren, Mühsam wurde auf grausame Weise 1934 im KZ Oranienburg ermordet. Das „Reich" ging kaputt …

Der Schriftsteller, Dramatiker, Bänkelsänger, Lyriker, Zeichner, Essayist, antimilitaristische Agitator und Journalist Erich Mühsam gehört zu den bedeutendsten und vielseitigsten kritischen Talenten Deutschlands im frühen 20. Jahrhundert. Es gilt, diesen wichtigen Sohn Lübecks, der für Frieden und Freiheit kämpfte, in das Bewusstsein der Öffentlichkeit zu bringen.

Die Erich-Mühsam-Gesellschaft e. V. ist vom Finanzamt Lübeck nach § 5, Abs. 1 Nr. 9 KstG mit Steuernummer 22 290 77 166 541-HL als gemeinnützig anerkannt.